ZORN DES DRACHEN

Gezeichnet vom Drachen Buch 4

AUCH VON RICHARD FIERCE

DRACHENREITER VON OSNEN

Probe durch Zauberei
Ein Bindung des Feuers
Aufruf der Krieger
Die Münze der Seelen
Flügel des Terrors
Augen aus Stein
Zahn und Klaue
Der Diener der Seelen
Rauchschleier
Der Schurkenreiter
Das Lied der Knochen
Klinge und Thron
Gezeiten der Dunkelheit
Zorn und Untergang
Grab der Eide

ZORN DES DRACHEN

Gezeichnet vom Drachen Buch 4

RICHARD FIERCE

IMPRESSUM

Titel: Zorn des Drachen
Autor: Richard Fierce
Übersetzung: ScribeShadow
Umschlaggestaltung: Richard Fierce
Satz: Richard Fierce
Verlag: Dragonfire Press
DieOriginalausgabe erschien 2021 unter dem Wrath of the Dragon
©2024 Richard Fierce
Alle Rechte vorbehalten.
Autor: Richard, Fierce
73 Braswell Rd, Rockmart, GA 30153 USA,
Richard.Fierce@yahoo.com
ISBN: 979-8-89631-043-3
Dieses Buch wurde mithilfe einer Software übersetzt. Wenn Sie Fehler finden, kontaktieren Sie mich bitte und informieren Sie mich darüber.

Dragonfire Press

1

Mina nahm einen Schluck aus ihrer Feldflasche und starrte auf die Burg in der Ferne. Es war erst zwei Wochen her, seit sie gegangen war, und doch fühlte es sich an, als wäre eine Ewigkeit vergangen, seit sie Klodian Keep zuletzt gesehen hatte. Gedrith und die anderen Drachen wollten direkt zur Dracan-Domäne fliegen, aber sie bat sie, zuerst hier anzuhalten.

Bist du dir sicher? fragte Gedrith.

Ich denke schon. Lord Klodian muss wissen, was vor sich geht.

War es töricht von ihr, ihn zu warnen? Möglicherweise. Der Mann hatte ihre Fähigkeit für seinen eigenen Vorteil genutzt, aber er hatte ihr auch Unterkunft und Nahrung geboten. Das war kein Grund, der ihre Versklavung rechtfertigte, aber sie fühlte eine seltsame Verpflichtung ihm gegenüber.

Ich bin so schnell wie möglich zurück.

Wenn du in Schwierigkeiten gerätst, ruf nach mir.

Das werde ich.

Mina steckte die Feldflasche zurück in ihren Rucksack zu Gedriths Füßen und ging über den Sand. Sie grübelte darüber nach, wie Lord Klodian reagieren würde. Angesichts ihrer überstürzten Abreise dachte er wahrscheinlich, sie sei tot. Thais dachte das vermutlich auch. Und dann war da noch die ungelöste Sache mit Lady Burgess und dem Plan, Klodian zu stürzen. Hatte Thais das alleine geregelt?

Die Tore waren offen, und Mina betrat den Innenhof. Ein kurzer Blick zeigte, dass sich nicht viel verändert hatte. Sie ging in Richtung Burg und war fast an den Haupttüren, als eine Stimme hinter ihr rief.

»Mina?«

Sie drehte sich um und sah Thais. Die Frau hatte einen erstaunten Gesichtsausdruck.

»Wo warst du? Ich dachte, Lord D'Lances Spione hätten dich entführt.«

»Das ist eine lange Geschichte«, antwortete Mina.

»Du kannst sie mir später erzählen. Geht es dir gut?«

»Mir geht's gut. Ich muss mit Lord Klodian sprechen. Ist er hier?«

»Ja, ist er.« Thais musterte sie von oben bis unten. »Du siehst aus wie ein Soldat. Warum trägst du eine Rüstung?«

»Ich habe keine Zeit, das zu erklären. Ist hier irgendetwas Seltsames passiert?«

»Abgesehen von deinem Verschwindenummero?« Thais grinste und senkte ihre Stimme. »Tatsächlich könnten wir ein Problem haben.«

»Lady Burgess?«

»Ja. Sie ist zurück zur Dracan-Domäne gegangen, nachdem ihr Mann mit einer starken Loyalität zu Lord Klodian wieder aufgetaucht ist. Er ist übrigens immer noch hier und umsorgt Lord Klodian bei jeder Laune. Sie schien sehr verstört, bevor sie ging, aber soweit ich weiß, ist aus dieser Situation nichts geworden.«

»Gut. Ich hatte geplant, dir mit ihr zu helfen, aber ich ... wurde abgelenkt.«

Thais sah sich um, um sicherzugehen, dass niemand in der Nähe war. »Hat es etwas mit diesem Drachen zu tun, den du erwähnt hast?«

Mina nickte.

»Wie bist du entkommen?«

»Wie gesagt, das ist eine lange Geschichte.«

Thais blickte sie finster an. »Was ist los? Du hast mir vertraut, bevor du verschwunden bist, und jetzt bist du wieder so vage.«

»Es tut mir leid. Es passiert gerade sehr viel, und ich habe nicht viel Zeit, bevor ich wieder gehen muss. Lord D'Lance plant mehr als nur eine Verschwörung gegen den Hohen Prinzen. Er baut eine Armee von Drachenreitern auf.«

»Ich weiß.«

»Tust du das?«

»Ich habe dir erzählt, warum ich hier bin«, erwiderte Thais. »Und es gibt einen Grund, warum ich dir geglaubt habe, als du mir sagtest, dass Drachen sprechen können. Ich habe gesehen, was er getan hat.«

»Weißt du auch, was er mit den Dracheneiern macht?«

»Dracheneier? Davon weiß ich nichts.«

»Es ist schlimm, Thais. Die Drachen wollten Krieg gegen ihn führen, aber ich habe sie davon abgebracht.«

»Wie hast du das geschafft?«

»Ich muss ihn töten.«

»Wen? Lord D'Lance?«

»Ja.«

Thais lachte hart. »Weißt du, was du da sagst? Lord D'Lance ist unglaublich mächtig. Wenn ihn jemand töten könnte, hätte man es längst getan. Und seit wann bist du eine Assassinin? Du weißt nicht einmal, wie man ein Schwert führt.«

Mina spürte, wie ihr Gesicht vor Wärme glühte, aber sie hielt ihren Ärger unter Kontrolle.

»Mach dir um mich keine Sorgen. Lord D'Lance mag stark sein, aber ich habe mächtige Freunde, die mir helfen.«

»Die Drachen?«

»Hör mir zu, Thais. Wenn ich Lord D'Lance aufhalten kann, wird es keinen Krieg geben. Weder mit den Drachen noch mit dem Hohen Prinzen.«

»Wenn du Selbstmord begehen willst, nur zu. Ich werde dich nicht aufhalten. Du hast dich verändert, Mina. Ich weiß nicht, ob das gut ist.«

Thais drehte sich um und ging weg. Mina sah ihr nach und fragte sich, warum sie so aufgebracht war. Wenn Lord D'Lance starb, wären ihre Eltern frei. War das nicht das, was Thais wollte? Sie schob den Gedanken beiseite und betrat die Burg. Diener gingen ihren Aufgaben nach, und der Duft von frischem Essen lag in der Luft.

Es war eine so geschäftige Atmosphäre im Vergleich zur Drachenhöhle, was für Klodians Hof normal war, aber es war etwas, das Mina zuvor nie beachtet hatte. Sie navigierte durch das Labyrinth von Gängen und hielt vor der Tür zu Klodians persönlichen Gemächern inne. Zwei gedämpfte Stimmen waren in ein Gespräch verwickelt auf der anderen Seite, und sie war im Begriff, sich umzudrehen und zu gehen, als die Tür aufschwang.

»Haltet mich auf dem Laufenden«, sagte Lord Klodian zu Hauptmann Eduard.

Als sie sie sahen, erstarrten beide. Mina bot ein schüchternes Lächeln und verbeugte sich.

»Mein Lord«, begrüßte sie ihn.

»Ich werde dann gehen.« Hauptmann Eduard ging um sie herum und verließ den Raum.

»Sehe ich einen Geist?«, fragte Klodian. »Das Letzte, was ich hörte, war, dass du in die Wüste geritten bist und dein Pferd allein zurückkam.«

»Es tut mir leid, wenn ich Euch Sorgen bereitet habe. Können wir unter vier Augen sprechen?«

Klodian betrachtete sie neugierig und öffnete die Tür vollständig, wobei er ihr bedeutete einzutreten. Sie trat ein und wartete mit dem Sprechen, bis die Tür geschlossen war.

»Ich muss zur Dracan-Domäne.«

»Wovon redest du? Du verschwindest für vierzehn Tage und tauchst wieder auf, nur um gleich wieder zu gehen? Weißt du, wie viele Ressourcen ich verwendet habe, um dich in der Wüste zu suchen?«

»Darf ich offen sprechen?«

»Bitte tun Sie das.«

Mina räusperte sich. Obwohl sie sich in ihrer Rüstung mit einem Schwert an der Hüfte stark fühlte, war seine Präsenz so überwältigend, dass es sich anfühlte, als wäre sie immer noch eine Sklavin unter seiner Kontrolle.

»Lord D'Lance plant, Sie zu stürzen.«

Klodians linke Augenbraue hob sich, aber ansonsten zeigte er keine Reaktion.

»Erklären Sie.«

»Es ist eine lange Geschichte, aber ich habe Lord und Lady Burgess belauscht. Sie erwähnten, dass Lord D'Lance Soldaten von den anderen Dominions anfordern würde und dass Sie die Anfrage ablehnen würden. Das würde ihm geben, was er braucht, um Sie als Herrscher des Thophats zu ersetzen.«

»Und warum sollte er mich ersetzen wollen?«

»Weil sein Ziel ist es, den Thron des Hohen Fürsten einzunehmen.«

»Sie haben mein Interesse geweckt. Fahren Sie fort.«

»Er verbreitet Gerüchte, dass Lord Culver und Sie zusammenarbeiten, um einen Krieg zu verursachen, der die Dominions spalten wird, und er macht einen guten Job darin, überzeugende Beweise zu hinterlassen.«

»Sie haben also vor zwei Wochen von diesen Informationen erfahren und sich entschieden, nicht direkt zu mir zu kommen?«

Mina errötete unter seinem intensiven Blick. »Ich brauchte Beweise«, sagte sie. »Ich wollte keine Anschuldigung ohne sie machen.«

»Verständlich. Wo sind Ihre Beweise?«

»Ich habe nichts Physisches, das ich Ihnen zeigen kann, aber ich vertraue der Quelle, die bestätigt hat, dass alles wahr ist.«

»Wer ist diese vertrauenswürdige Quelle?«

Mina zögerte. Hier würde es knifflig werden.

»Gedrith hat es mir gesagt. Er ist ein Drache.«

2

Caden stand mit verschränkten Armen da und beobachtete die Draman, wie sie eine Reihe neuer Zelte errichteten. Bast hatte gute Arbeit geleistet, ihre Kräfte zu sammeln, die nach dem gescheiterten Angriff aus Velbridge geflohen waren. Mehr von ihnen hatten überlebt, als Caden zunächst gedacht hatte, und die Anwesenheit seiner Meisterin und ihrer Artgenossen brachte täglich mehr Draman in ihre Reihen.

Lireth war in seinen Gedanken eine ständige Präsenz gewesen, seit er sie aus dem Berg befreit hatte. Sie lauschte jedem seiner Gedanken, aber es störte ihn nicht. Das Band zwischen ihnen war stärker als alles, was er zuvor erlebt hatte.

Auf ihren Befehl hin hatten sie das Lager weiter von Velbridge wegverlegt, um sicherzustellen, dass Lord D'Lances Männer sie nicht fanden. Kundschafter hatten auch berichtet, dass Lord D'Lance es nicht länger geheim hielt, dass er mehrere Drachen unter seiner Kontrolle hatte. Seine Patrouillen in der Region hatten sich verdreifacht, und es gab sogar Sichtungen seiner Drachenreiter, die vom Himmel aus Wache hielten.

»Es ist beeindruckend, nicht wahr?«, sagte Bast. »Ich hätte nie erwartet, so viele meiner Brüder an einem Ort zu sehen, vereint unter einer Sache.«

»Das ist es«, stimmte Caden zu. »Aber ich frage mich, ob es genug sein wird. Wir haben Lireth und die anderen, aber Lord D'Lance hat mehr Männer in seiner Armee als die nächsten zwei Dominions zusammen. Selbst ohne seine Drachen und die Draman, die ihm noch treu sind, sind wir in der Unterzahl.«

Bast starrte ihn an, seine Pupillen wurden zu dünnen Schlitzen.

»Wir mögen in der Unterzahl sein, aber wir haben etwas Mächtigeres als Magie oder Stahl, oder sogar Drachen.«

»Was ist das?«

»Hoffnung.«

Caden schüttelte den Kopf. »Hoffnung gewinnt keine Kriege.«

»Woher weißt du das?«

»Ich war schon in Schlachten. Können und Glück sind der einzige Grund, warum ein Mann lebend vom Schlachtfeld geht.«

»Gehst du in den Kampf, um zu sterben?«

»Natürlich nicht.«

»Du willst leben, ja? Du willst mehr von dieser Welt sehen, zu deiner Familie nach Hause gehen?«

»Ja.«

»Nichts davon ist eine Gewissheit. Es ist Hoffnung. Hoffnung treibt uns mehr als alles andere an.«

Caden hatte das zuvor nicht bedacht. Er schwieg einen Moment, dann zeigte sich ein Lächeln. »Du hast recht. Verzeih mir. Es ist manchmal schwer, den Himmel vor lauter Wolken zu sehen.«

»Wir alle haben unsere Momente der Schwäche.«

»Anführer haben diesen Luxus nicht«, erwiderte Caden.

»Sie sollten ihn haben.«

»Ich widerspreche nicht, aber nicht jeder sieht die Dinge auf die gleiche Weise.« Caden ließ seinen Blick über das Lager schweifen. »Wie viele haben wir jetzt?«

»Tausend bei der letzten Zählung gestern Abend, aber wir haben wahrscheinlich hundert oder mehr, die allein heute Morgen angekommen sind. Die Idee, geheime Nachrichten zu hinterlassen, die nur die Draman sehen können, war clever.«

»Manchmal habe ich geniale Einfälle.«

Beide lachten. Caden spürte die Präsenz seiner Meisterin in seinem Geist, bevor sie sprach, und wandte seinen Blick zum Waldrand.

Komm und sprich mit mir.

»Die Meisterin ruft?«, fragte Bast.

»In der Tat.«

»Dann solltest du sie besser nicht warten lassen.«

Caden ließ das Lager hinter sich und überquerte den Waldrand. Lireth und die anderen Drachen hielten sich für sich, zogen es vor, abseits der Bäume in der Sonne zu liegen. Angesichts der langen Zeit, die sie als Gefangene im Berg verbracht hatte, verstand Caden ihren Wunsch, im Freien zu sein.

Er hielt inne, als er sie sah. Sie lag auf einem Steinhaufen, ihre gewaltigen Flügel ausgebreitet. Das Sonnenlicht glitzerte auf ihren Schuppen, eine Vielzahl von Regenbögen schimmerte in und aus der Existenz, als sich ihr Körper mit ihrem Atem bewegte. Caden näherte sich ihr und kniete sich einige Meter von ihrem Kopf entfernt nieder.

»Ich bin hier«, sagte er.

Ich weiß. Ich kann dich riechen, selbst wenn du im Wald bist. Menschen haben einen besonderen Geruch, den ich schwer ertragen kann. Deiner ist jedoch erträglich. Da wir verbunden sind, ist der Geruch gedämpft.

Caden war sich nicht sicher, wovon sie sprach. Verbunden? Er schob den Gedanken beiseite.

»Worüber wolltest du mit mir sprechen?«

Direkt auf den Punkt. Das ist einer der Gründe, warum ich dich ausgewählt habe. Da du meine Draman anführst, haben wir etwas zu besprechen.

»Ich höre zu.«

Viele in dieser Welt wollen mir Schaden zufügen. Lord D'Lance ist im Moment der Fokus meines Zorns, aber es gibt andere. Ich habe Nachricht von denen in den Langen Sanden erhalten, die mir noch treu sind, dass es Gerüchte unter der Enklave gibt. Sie wissen von Lord D'Lances Verbrechen gegen meine Brüder.

»Was ist die Enklave?«

Sie sind die selbsternannten Anführer der Drachen. Heutzutage jedenfalls die metallischen.

»Also sind sie auf unserer Seite?«

Kaum, zischte Lireth. *Sie sind ein schlimmerer Feind als Lord D'Lance, aber ich hatte nicht erwartet, dass ich mich jetzt mit ihnen befassen müsste. Wenn sie nach Lord D'Lance kommen, müssen wir schnell sein.*

»Entschuldige, aber wäre es nicht gut, sie sich um ihn kümmern zu lassen? Wenn sie zahlenmäßig stark sind, könnten sie seine Verteidigung ausschalten und ihn verwundbar zurücklassen.«

Lireth zog ihre Flügel ein und schlängelte sich nach vorn. Sie packte Caden mit ihrer Klaue und brachte ihn nah an ihr Gesicht.

Er wird durch meine Flammen sterben!

Caden konnte die Hitze ihrer Wut spüren, die von ihren Schuppen ausstrahlte. Er schluckte schwer.

»Verzeih mir.«

Ich muss mich daran erinnern, dass du ein Mensch bist, schwach und unwissend in den Wegen der Drachen.

Sie schnaubte, ihr warmer Atem zerzauste sein Haar, und setzte ihn ab.

Die Enklave ist mein Feind. Sie haben viele meiner Brüder gefangen genommen und halten sie auch jetzt noch gegen ihren Willen fest.

»Wissen sie, dass du hier bist? Wenn ja, könnte ihr Angriff auf Lord D'Lance lediglich eine List sein.«

Jetzt denkst du wie ein Drache, sagte Lireth. Auch wenn ich meinen Dienern vertraue, weiß ich, dass die Enklave ihnen möglicherweise Informationen zukommen lässt. Wir werden wachsam bleiben und uns auf ihre Ankunft vorbereiten, aber selbst wenn sie nicht kommen, werden wir ihnen in der Schlacht gegenüberstehen. Sobald ich Lord D'Lance getötet habe, werden wir die Enklave angreifen.

»Du willst die Draman in die Wüste bringen?«

Ja, und du wirst sie anführen. Gemeinsam werden wir ihre archaische Lebensweise niederreißen und einen neuen Weg schmieden. Wir werden diese Welt dazu bringen, vor uns auf die Knie zu gehen.

»Du erweist mir zu viel Ehre«, erwiderte Caden. »Ich werde mein Bestes tun, um deinen Erwartungen gerecht zu werden.«

Wenn nicht, wird dein Ende schnell kommen. Ich mag dich zwar vor dem Tod gerettet haben, aber ich kann dich mit einem einzigen Atemzug zurückgeben.

Caden erinnerte sich an die Flammen, die sie ausgespien hatte, als er sie befreite. Sie war selbst im ruhigen Zustand furchteinflößend und noch mehr, wenn sie wütend war.

»Ich verstehe.«

Wie viele Draman füllen unsere Reihen?

»Etwas über tausend. Wir wachsen so schnell, dass wir Schwierigkeiten haben, für alle Platz zu finden.«

Das ist ein gutes Problem.

»Was ist mit deinen Artgenossen? Haben sich noch mehr von ihnen bereit erklärt, aus ihrem Versteck zu kommen?«

Lireth knurrte und kratzte mit ihren Klauen über die Steine unter ihr.

Noch nicht. Sie fürchten die Enklave mehr als mich. Ich werde das ändern müssen.

»Vielleicht werden sie ihre Meinung ändern, wenn sie Velbridge fallen sehen.«

Das bleibt abzuwarten. So oder so werden sie sich einreihen oder meinen Flammen zum Opfer fallen. Denk über das nach, was ich dir gesagt habe, und entwickle einen Plan, wie du die Draman unbeschadet in die Langen Sande bringst.

»Das werde ich.«

Caden verbeugte sich vor ihr und ging, um zum Lager zurückzukehren. Lireth war voller Wut. Er verstand warum, aber er fürchtete, dass der Weg, den sie eingeschlagen hatte, nur ins Verderben führen würde.

Trotzdem würde er ihr folgen.

3

Lord Klodians Gesicht verzog sich vor Überraschung und dann vor Verwirrung.

»Hast du in der Wüste den Verstand verloren? Drachen können nicht sprechen.«

»Das dachte ich auch nicht, aber ich habe sie auf dem Tafelberg gehört. Die, die dich angegriffen und Vhan getötet haben. Sie sind überhaupt keine wilden Tiere. Sie sind genau wie wir.«

»Ich gebe zu, am Anfang hattest du mich. Die Idee, dass Lord D'Lance den Thron will, ist nicht völlig abwegig, aber der Rest deines Streichs grenzt ans Schwachsinnige.«

»Das ist kein Streich«, protestierte Mina.

»Dann hast du deinen Verstand verloren, besonders wenn du erwartest, dass ich so etwas Absurdes glaube.«

»Ich war bei ihnen in der Wüste. Sie haben ein ganzes Höhlensystem unter der Erde, das

ihnen als Zuhause dient. Die Dinge, die ich gesehen habe ... Ihr würdet mir nicht glauben. Aber ich versichere Euch, mein Lord, mein Verstand ist noch intakt. Die Schuppe in meinem Bein gehört Gedrith. Er und ich teilen eine Verbindung, die es uns erlaubt, mit unseren Gedanken zu kommunizieren.«

Lord Klodians Ausdruck wandelte sich zu Verachtung.

»Du machst mich krank«, sagte er. »Wenn das, was du sagst, wahr ist, dann bist du schlimmer als ein Sklave.« Seine Fäuste ballten sich an seinen Seiten.

»Ob Ihr es hören wollt oder nicht, es ist die Wahrheit. Und ich erzähle es Euch, weil ich der Meinung war, dass Ihr wissen solltet, was Lord D'Lance plant. Macht mit der Information, was Ihr wollt, aber wisst, dass ich ihn töten werde.«

Er lachte sie aus, genau wie Thais es getan hatte.

»Du wirst nicht mal auf hundert Meter an ihn herankommen, bevor seine Runenmeister dich in Stücke reißen.«

»Wenn ich keinen Erfolg habe, dann werden die Drachen Krieg gegen ihn führen und alles auf ihrem Weg verwüsten.«

Lord Klodian schüttelte den Kopf.

»Raus hier.«

Mina war von seiner Reaktion nicht völlig überrascht, aber sie hatte gehofft, dass er aufnahmebereiter sein würde. Sie nickte ihm zu und verließ den Raum. Es gab nichts mehr zu tun. Er wusste von der Bedrohung, die Lord D'Lance darstellte. Was er darüber entschied, war nicht ihre Sorge. Sie ging in ihr Zimmer und stellte fest, dass ihre Sachen noch da waren. Es überraschte sie, dass die Diener nicht alles weggeworfen hatten.

Ihre Kleider waren alt und zerlumpt, also machte sie sich nicht die Mühe, sie einzupacken. Sie zog die Truhe mit den Drachenhörnern unter dem Bett hervor und öffnete sie, betrachtete sie. Jedes einzelne stammte von einem Drachen, der wegen ihr sein Leben verloren hatte. Mit dem Wissen, das sie jetzt hatte, verursachte ihr die Sammlung ein ungutes Gefühl im Magen. Sie schloss den Deckel und hob die Truhe an. Es war das Einzige, was sie mitnehmen würde.

Als sie durch die Burg ging, warfen ihr die Diener und Adligen neugierige Blicke zu. Sie dachten wahrscheinlich alle, sie hätten sie an die Wüste verloren. Ein Lächeln schlich sich auf ihre Lippen. Lass sie reden. Lass sie sich wundern.

Sie verließ die Burg und ging durch den Hof, warf einen letzten Blick auf alles. Sie war hier aufgewachsen, und sie hatte ein bittersüßes Gefühl, es für immer zu verlassen. Natürlich wusste sie nicht, ob es endgültig war, aber sie vermutete, dass ihr ganzes Leben anders sein würde, sobald sie die Drakanische Herrschaft erreichte. Wenn sie ihre Begegnung mit Lord D'Lance überhaupt überlebte.

Gedrith beobachtete, wie sie sich näherte, und sie konnte Freesien riechen. Sie ließ die Truhe auf den Sand fallen und blickte zu ihm auf.

Dies ist ein Zeichen der Schande.

Gedrith senkte seinen Kopf in die Nähe und schnüffelte in der Luft.

Es stinkt nach Tod.

Mina schluckte schwer und nickte.

Es sind die Hörner der Drachen, die wegen mir gestorben sind.

Warum behältst du sie?

Es war eine Art, mich besser damit zu fühlen, eine Sklavin zu sein. Jeder Drache, der starb, war ein Schritt näher zur Freiheit. Oder so dachte ich, bevor ich dich traf. Ich habe sie hierher gebracht, weil ich möchte, dass du sie verbrennst.

Denkst du, das wird dich von deiner Schuld befreien?

Nein, antwortete sie. Nichts wird das je tun. Das wird mich für immer verfolgen.

Gedrith brummte zur Antwort, sein Schwanz fegte über den Sand.

Geh zur Seite.

Sie tat, worum er bat, und stellte sich neben ihn. Er öffnete sein Maul und entließ einen Feuerstrom, der die Truhe in Brand setzte. Mina sah zu, wie sie brannte, und in gewisser Weise fühlte sie, als würde ihre Vergangenheit verbrennen.

Hast du mit Lord Klodian gesprochen?

Ja.

Ich nehme an, es lief nicht gut.

Nein, das tat es nicht.

Bist du dann bereit zu gehen?

Mina griff nach ihrem Rucksack am Boden und kletterte auf seine Schulter, ließ sich auf seinem Rücken nieder.

Lass uns gehen, sagte sie.

Gedrith erhob sich in die Luft und schlug mit seinen mächtigen Flügeln, brachte sie hoch über die Landschaft. Die anderen Drachen schlossen sich ihnen an und flogen in Formation hinter Gedrith. Als Mina Klodian Keep nicht mehr sehen konnte, beruhigte sich ihr Geist.

Warst du schon einmal in der Drakanischen Herrschaft?

Ja, obwohl es schon lange her ist.

Wie lange?

Es war vor Maëls Verrat.

Dann gehst du genauso blind in die Sache wie ich.

Menschen lieben es, sich auszubreiten und zu bauen, also wird es sich sicher stark von dem unterscheiden, woran ich mich erinnere.

Wir werden einen Ort zum Bleiben brauchen, der vor neugierigen Blicken geschützt ist, sagte Mina. Wenn jemand dich oder deine Brüder sieht, könnten sie Lord D'Lance alarmieren.

Ich kenne einen Ort, der sicher sein sollte. Er war einst das Zuhause eines Drachen, den ich kannte, bevor sich die Farben gegeneinander wandten. Er sollte unseren Bedürfnissen dienen.

Woher weißt du, dass sie nicht mehr dort leben?

Ein Hauch von Safran traf ihre Nase, aber er verflüchtigte sich schnell, bevor sie die Emotion dahinter bestimmen konnte.

Ich weiß es, weil sie ihn verlassen hat. Das letzte Mal, als ich in die Drakanische Herrschaft kam, war es, um sie zu fangen.

Warum würdest du einen anderen Drachen fangen?

Sie war diejenige, die für die Spaltung zwischen den Farben verantwortlich war. Sie versammelte die chromatischen Drachen und stellte sich auf Maëls Seite. Als die Ältesten von ihrem Verrat erfuhren, wollten sie sie einsperren. Als ich kam, um sie zu holen, war sie weg. Die Höhle war seit einiger Zeit nicht mehr bewohnt gewesen. Nicht einmal ihr Geruch war geblieben.

Lebt sie noch?

Ich weiß es nicht, antwortete Gedrith. Ich habe sie nie gefunden. Sie war schon damals ein mächtiger Drache, also ist es wahrscheinlich, dass sie nicht tot ist.

Du sagtest, du kanntest sie. War sie deine Freundin?

Es folgte eine lange Pause, bevor er antwortete. Ja. Einmal.

Mina spürte eine Wand turbulenter Emotionen hinter seinen Worten, also drängte sie nicht auf weitere Informationen. Sie flogen lange Zeit schweigend, so lange, dass Minas Augen zu zufallen begannen. Sie zuckte mehrmals zusammen und schreckte sich selbst in die Wachheit zurück.

Sind wir fast da?

Ja. Siehst du das Schloss rechts?

Mina kniff die Augen zusammen und sah einen grauen Fleck, aber die Details entgingen ihr.

Einigermaßen.

Das ist die Festung von Lord D'Lance. Die Höhle, die wir benutzen werden, ist ein paar Stunden Fußweg davon entfernt. Wir könnten näher heran, aber dann würden wir vielleicht gesehen werden. Falls wir es nicht schon wurden.

Mina schaute nach unten und beobachtete, wie die Landschaft vorbeizog. Wenn jemand dort unten nach oben schaute, konnte sie ihn nicht sehen. Bäume kamen in Sicht, und Gedrith begann seinen Sinkflug. Er glitt über das Blätterdach, bis die Baumkronen sich zu einer Lichtung lichteten, dann stürzte er hinab und landete. Mina kletterte herunter und streckte ihre Muskeln.

Wo ist diese Höhle?

In diese Richtung. Er nickte zum anderen Ende der Lichtung. Er schnüffelte in der Luft, sein Kopf schwankte von einer Seite zur anderen.

Was ist los?

Ich bin mir nicht sicher. Ich habe noch nie so etwas gerochen. Bleib hier. Meine Brüder und ich werden vorauskunden, um sicherzugehen, dass es nichts zu befürchten gibt.

Gedrith schwang sich zurück in die Luft und gesellte sich zu den anderen Drachen, die noch nicht gelandet waren. Sie kreisten über der Lichtung, dann brachen sie ihre Formation auf und jeder flog in eine andere Richtung. Mina rollte ihren Nacken, um die Verspannungen zu lösen. Sie scannte die Baumgrenze und sah etwas Metallisches aufblitzen.

Einen Moment später trat ein Monster in die Lichtung.

4

»Wir haben ein paar Probleme«, sagte Bast zu Caden, als er ins Lager zurückkehrte. »Unsere Vorräte gehen zur Neige. Die letzten Zelte sind vergeben, und wir haben immer noch zwei Dutzend Draman, die eine Unterkunft brauchen.«

»Verteile sie auf die anderen, bis wir mehr bekommen können«, antwortete Caden.

»Uns geht auch das Essen aus.«

»Wie das? Die Wälder sind voll von Rehen und anderen Tieren.«

»Es scheint, als hätte unsere wachsende Präsenz hier die Wildtiere vertrieben. Ich habe Kundschafter weiter ausgeschickt, aber sie haben nicht viel Glück.«

Caden runzelte die Stirn und fuhr sich mit den Händen übers Gesicht, wobei er nachdenklich die Augen zusammenkniff.

»Wir könnten einige Männer nach Velbridge schicken, um Vorräte zu kaufen.«

Bast schnaubte, seine reptilienartigen Nasenlöcher weiteten sich. »Es wird eine Menge Münzen kosten, diese Truppe zu ernähren.«

Caden war sich ihres Geldmangels durchaus bewusst. Es schien, als würden ihre Probleme genauso schnell wachsen wie ihre Anzahl. Er wusste, dass dieser Tag kommen würde, aber er hatte nicht erwartet, dass es so bald passieren würde.

»Erinnerst du dich an das, was wir über Lord D'Lances Karawanen besprochen haben?«

Bast grinste. »Ja.«

»Es ist Zeit, diesen Plan in die Tat umzusetzen. Stelle eine Gruppe von Draman zusammen, nicht mehr als zehn oder zwölf. Du und ich werden sie bei einem Testlauf anführen. Das wird uns die benötigten Vorräte verschaffen und ihm ein paar Kopfschmerzen bereiten.«

»Wie du befiehlst.« Bast ging weg, um ihre Mannschaft zu sammeln.

Zieh ihn nicht auf uns herab, warnte Lireth. *Wir sind noch nicht bereit.*

»Das werde ich nicht«, sagte Caden laut, unsicher, ob sie ihn hören konnte. Er wünschte, er könnte mit ihr kommunizieren, wie sie es mit ihm tat, aber bisher entzog sich ihm diese Fähigkeit. Trotzdem konnte sie jeden seiner Gedanken lesen, also visualisierte er die Worte in seinem Kopf.

Innerhalb einer Stunde hatte Bast eine Gruppe zusammengestellt, und er und Caden führten sie durch die Wälder zur nächsten Straße. Kundschafter waren an strategischen Punkten postiert und lieferten Aktualisierungen über die Bewegungen von Lieferungen, die von und nach Velbridge kamen, und sie hatten ein Muster bemerkt.

»Bist du sicher, dass es heute ist?«, fragte Caden.

»Ja«, antwortete Bast. »Und immer zur gleichen Zeit.«

»Gut. Stell sicher, dass sich alle verstecken. Ich werde die Wagen zum Anhalten bringen, und auf mein Signal hin sollen sie sich zeigen. Halte einen Bogenschützen bereit, falls einer der Fahrer zu fliehen versucht, aber sie sollen nicht tödlich schießen. Wir wollen Lord D'Lance eine Botschaft senden, und das können wir nicht, wenn alle sterben.«

»Wir werden bereit sein.«

Caden setzte sich neben der Straße auf den Boden und wartete. Schließlich erreichten das Klappern von Pferden und erhobene Stimmen seine Ohren. Er wartete, bis die Wagen in Sicht kamen, und zählte drei. Sie rollten die Straße entlang, keine Wachen waren sichtbar.

Gut, dachte er. *Das sollte schmerzlos sein.*

Als die Wagen näher kamen, stand er auf und trat auf die Straße, wobei er die Hand zum führenden Fahrer hob. Der Mann blickte in den Wald, und für einen Moment dachte Caden, der Fahrer hätte die Draman entdeckt.

»Hallo!«, rief Caden.

Der Fahrer riss seinen Blick nach vorne und zog ruckartig an den Zügeln, was den Wagen zum Halten zwang.

»Geh aus dem Weg! Ich hätte dich überfahren können!«

»Tut mir leid. Ich brauche Hilfe. Seid ihr auf dem Weg nach Velbridge?«

»Ja, aber wir haben keinen zusätzlichen Platz. Du kannst gerne zu Fuß mitkommen, obwohl du auch alleine dorthin laufen könntest.«

»Da hast du Recht, aber ich habe seit Tagen nichts gegessen«, log Caden. »Habt ihr etwas übrig?«

»Ein Bettler also? Geh zur Seite. Ich habe keine Zeit dafür.«

Caden pfiff. Einen Moment später traten Bast und die anderen in Sicht. Sie hatten alle ihre Kapuzen herunter, sodass ihre reptilienartigen Gesichter deutlich zu sehen waren.

»Entschuldigung, Freund, aber wir werden eure Waren beschlagnahmen. Ihr könnt eure Wagen behalten, wir wollen nur, was darin ist.«

»Lord D'Lance wird davon erfahren!«

»Bitte, lass es ihn wissen. Und sag ihm auch, dass Caden Davtyan seine Grüße sendet.«

Die Draman rückten vor und begannen, die Wagen zu durchsuchen. Angsterfüllte Schreie erfüllten die Luft, und Caden hörte mehrmals die Worte »Dämonenbrut«. Bast näherte sich ihm und schüttelte den Kopf.

»Es ist mehr hier, als wir tragen können.«

»Wir werden es ausladen und so viel wie möglich zurück ins Lager tragen. Zwei Draman werden mit dem Rest hier bleiben, und wir kommen später dafür zurück.«

»Ist das klug? Lord D'Lance könnte bis dahin seine Patrouillen hier haben.«

»Guter Punkt«, sagte Caden. »Dann werden wir den Rest verstecken und zurückkommen, wenn es sicher ist.«

»Ich werde ihnen sagen, was zu tun ist.«

Caden wandte sich wieder dem führenden Fahrer zu, der ihn wütend anstarrte.

»Ihr müsst wissen, dass ihr einem Tyrannen dient.«

»Lord D'Lance ist ein großzügiger Mann mit einem Herz für sein Volk«, erwiderte der Mann. »Das Einzige, was ihr tut, ist mir und meiner Familie zu schaden. Ihr stehlt von *mir*, nicht von Lord D'Lance.«

»Bringst du diese Waren nicht im Auftrag von Lord D'Lance nach Velbridge?«

»Doch.«

»Dann stehlen wir von Lord D'Lance.«

»Es ist nur Diebstahl, wenn es bezahlt wurde«, entgegnete der Fahrer. »Ich werde erst bezahlt, wenn ich liefere. Wenn ich mit leeren Händen ankomme, bekomme ich nichts für meine Mühe. Also nochmal, ihr stehlt von *mir*.«

Schuldgefühle überkamen Caden. Er wollte nicht, dass Unschuldige leiden, und schon gar nicht durch seine Hände. Er blickte zu Bast. Der Draman half den anderen dabei, Säcke aus dem letzten Wagen auszuladen und sie zu einem Stapel aufzutürmen. Er war hin- und hergerissen. Seine Männer mussten essen, aber der Lebensunterhalt dieses Mannes stand auf dem Spiel.

Stähle deine Gefühle, gebot Lireth. *Im Krieg ist kein Platz für ein Gewissen.*

Sein erster Instinkt war zu widersprechen, aber seine Unzufriedenheit wurde beiseitegeschoben, erstickt unter dem Gewicht ihrer Präsenz. Caden knirschte mit den Zähnen und griff nach dem Geldbeutel an seiner Hüfte.

Tu es nicht.

Lireths Wort war ein Befehl. Wenn er ihr trotzte, würde sie ihn töten. Er wollte ihr nicht ungehorsam sein, aber seine Moral kämpfte gegen seine Loyalität. Caden ballte seine Hand zur Faust und drehte dem Fahrer den Rücken zu. Er versuchte, sich einzureden, dass das, was er tat, mehr richtig als falsch war, aber er war nicht überzeugt.

»Wir sind fertig«, sagte Bast. »Alles ist ausgeladen. Wir werden das Lager damit für ein paar Tage ernähren können.«

Cadens Augen schweiften über den Haufen Dinge, die sie genommen hatten. Es gab Säcke mit Getreide und Reis sowie Weidenkörbe voller Obst und Gemüse.

»Verschwinde«, sagte Caden und drehte sich wieder zum Fahrer um. »Und sei dir sicher, Lord D'Lance zu berichten, was ich gesagt habe.«

Der Mann schüttelte den Kopf und schnalzte mit den Zügeln. Die Pferde zogen an und die Wagen setzten ihren Weg nach Velbridge fort. Im hinteren Teil des letzten Wagens lugte der Kopf eines kleinen Kindes unter der Plane hervor.

»Das ist falsch.«

»Ist es das? Wir können uns ernähren. Scheint mir richtig und gut zu sein.«

»Ich nehme an«, brummte Caden, aber es beschäftigte ihn immer noch. »Lass uns das Zeug von der Straße schaffen.«

Er half dem Draman, alles in den Wald zu tragen, und sie bedeckten, was sie nicht transportieren konnten, mit Reisig und Blättern. Als sie ins Lager zurückkehrten, bemerkte Caden, dass Lireths Präsenz sich weit entfernt anfühlte. Er übergab seine Vorräte an einen der Draman und sah sich in der Reihe der Zelte um.

»Herr«, ein atemloser Draman eilte zu ihm.

»Was gibt es?«

»Drachen wurden gesichtet.«

»Mehr von Lireths Geschwistern?«

»Nein, Herr. Es sind die metallischen Farben ihrer Feinde.«

Caden sprintete aus dem Wald zu der Stelle, wo Lireth zuvor gewesen war.

Sie war verschwunden.

5

Mina beobachtete die Kreatur ungläubig. Sie ging auf zwei Beinen wie ein Mensch, aber ihr Aussehen war reptilienartig. Sie erinnerte sich an die Worte des Enklave-Anführers über Lord D'Lance, der Dracheneier mit Menschen vermischt hatte, um eine Armee zu erschaffen. Obwohl sie wusste, dass der Drache nicht gelogen hatte, schockierte es sie immer noch, eines dieser Wesen aus der Nähe zu sehen.

Sie stand im Freien, und bevor sie sich verstecken konnte, entdeckte die Kreatur sie. Es schrie etwas und rannte auf sie zu. Mina zog ihr Schwert und nahm eine Verteidigungsstellung ein. Sie wich der Kreatur aus, als diese sie erreichte, und sein Schwert durchschnitt harmlos die Luft. Die Gesichtszüge wirkten männlich, und sie nahm an, dass es sich um ein männliches

Wesen handelte. Es kämpfte damit, seinen Schwung zu stoppen, und Mina trat hinter es und versetzte ihm einen Tritt in die Kniekehle.

Es überraschte sie, als die Kreatur nicht fiel. Sein Bein knickte nicht einmal ein. Es wirbelte herum und knurrte. Sie wich zurück und schwang ihr Schwert gegen ihn, aber er blockte den Schlag mit seinem Arm ab, und ihre Klinge klirrte, als würde sie auf Metall treffen. Ihre Stirn runzelte sich verwirrt, und die Kreatur nutzte ihre Überraschung aus. Er packte die Klinge ihres Schwertes mit seiner Klauenhand und riss es ihr aus der Hand, wobei er es beiseite warf.

Mina stürzte auf die Waffe zu, aber die Kreatur krachte in sie hinein, und beide landeten in einem Knäuel auf dem Boden. Er war größer und stärker als sie, und er gewann schnell die Oberhand und drückte sie nieder.

»Du bist jetzt meins«, sagte es.

Hilfe! Mina schickte das Flehen durch die Schuppe.

Die Kreatur beugte sich nah zu ihr herunter, und sie konnte seinen fauligen Atem riechen. Er stank wie faule Eier. Sie drehte ihren Kopf zur Seite und versuchte, sich zu befreien. Die Kreatur lachte, und Speicheltropfen landeten auf ihrer Wange.

Gedrith!

Ein Schatten zog über sie hinweg, und die Kreatur blickte auf. Mina versuchte, ihre Arme zu befreien, aber die Kreatur packte ihr Fleisch fester und knurrte. Er stand auf, zog sie auf die Füße und legte seinen rechten Arm um ihren Hals. Mina suchte den Himmel ab, aber es gab kein Anzeichen von Gedrith oder den anderen.

Die Kreatur zerrte sie rückwärts in Richtung der Baumgrenze. Sie starrte auf ihr Schwert und wünschte, sie könnte es magisch in ihre Hand befehlen. Ein Brüllen durchschnitt die Luft, und sie ruckte mit dem Kopf in Richtung des Geräusches. Sie konnte immer noch keinen der Drachen sehen, aber Gedriths Präsenz war stark, was ihr sagte, dass er in der Nähe war.

Ein Blick über ihre Schulter verriet die Unruhe der Kreatur. Seine Augen waren weit aufgerissen, und er knurrte leise vor sich hin. Er war abgelenkt. Mina zählte lautlos herunter und riss sich dann los, um zu ihrem Schwert zu rennen. Die Kreatur jagte ihr nach, aber es gelang ihr, ihr Schwert zu greifen, bevor er sie erreichte. Sie stieß die Klinge nach vorn und traf die Kreatur in die Brust, aber es richtete keinen Schaden an. War das Biest unverwundbar gegen Waffen?

Ein Rauschen erfüllte die Luft, als Gedrith aus dem Himmel herabstieß und die Kreatur mit seinen Klauen packte und zerquetschte. Er schleuderte den Körper in die Bäume und landete.

Bist du verletzt?

Nein, mir geht's gut. Was war das für ein Ding?

Sie nennen sich selbst Draman. Weder Mensch noch Drache, sondern eine Mischung aus beidem.

Woher weißt du, was sie sind?

Meine Brüder und ich haben gerade eine ganze Gruppe von ihnen getötet. Einer war so verängstigt, dass er viele Dinge ausplauderte, bevor ich ihn zum Schweigen brachte. Es gibt mehr von ihnen hier draußen, also müssen wir wachsam sein.

Mina steckte ihre Klinge weg und strich sich die Haare hinter die Ohren. Sie wollte gerade etwas sagen, als ein ohrenbetäubendes Brüllen über die Lichtung hallte. Sie schlug die Hände über die Ohren und blickte zum Himmel. Ein riesiger schwarzer Drache landete auf der Lichtung und knurrte vor Wut. Drachenfurcht überkam Mina und sie fiel auf die Knie, aber es gelang ihr, hinter Gedrith zu kriechen.

Der kupferfarbene Drache wickelte seinen Schwanz um sie und hielt sie fest, während er sich dem schwarzen Koloss zuwandte.

So, du bist es also, der meine Kinder abschlachtet. Ich hätte wissen müssen, dass die Enklave so tief sinken würde, dass sie mordet. Die Stimme des Drachen hallte in Minas Kopf wider.

Diese Abscheulichkeiten sind deine? erwiderte Gedrith. *Hast du dich auch mit Lord D'Lance verbündet?*

Der schwarze Drache schnaubte. *Erwähne diesen Namen nicht vor mir. Ich werde sein Schloss und jeden darin verbrennen.*

Mina keuchte bei dem Gedanken, dass Caden bei lebendigem Leib verbrannt werden könnte.

Wer ist der Welpe?

Sie ist meine Verbundene. Der erste Reiter seit tausend Jahren.

Da wäre ich mir nicht so sicher.

Der einzige wahre Reiter, stellte Gedrith klar. *Diese verdrehten Bindungen, die Lord D'Lance erschaffen hat, wurden nicht freiwillig geschmiedet.*

Wer sagte, dass ich davon sprach? Aber es überrascht mich nicht, dass die Enklave von seinen Machenschaften weiß. Sie haben ihre Schnauzen nie bei sich behalten können.

Du hast dich mit Maël verbündet, wissend, dass es ihm nur um Gier ging. Verleumde die Enklave nicht, weil du eine törichte Entscheidung getroffen hast.

Was weißt du schon über mich, Gedrith? Nichts. Wollte ich mehr für unsere Brüder? Ja. Sprich mich schuldig für diesen Wunsch, aber du irrst dich, was richtig ist. War es richtig von der Enklave, unsereins einzusperren?

Sie haben sich entschieden, sich dir in deiner Torheit anzuschließen, Lireth. Sie sind genauso schuldig wie du.

Lireth knurrte. *Was machst du hier? Führst du die Enklave in den Krieg gegen die Menschen?*

Es wird keinen Krieg mit den Menschen geben. Meine Verbundene wird Lord D'Lance töten und seinen gotteslästerlichen Taten ein Ende setzen.

Dieses schmächtige Menschlein wird ihn töten, ja? Nicht, wenn ich zuerst zu ihm komme. Er und ich haben eine Geschichte, und meine Rache naht.

Dann sind wir in unserer Sache vereint. Vielleicht würde die Enklave deine vergangenen Taten verzeihen, wenn du uns gegen Lord D'Lance hilfst.

Verschwende deine Worte nicht an mich, Gedrith. Sobald ich den Menschen getötet habe, werde ich die Enklave heimsuchen. Niemand ist vor meinem Zorn sicher, am wenigsten unsere Brüder.

Ich kann dich nicht gehen lassen, wenn ich weiß, dass du die Enklave angreifen wirst.

Forderst du mich heraus?

Gedrith ließ Mina los.

Geh in den Wald, sagte er.

Mina nickte und sprintete zu den Bäumen, die Drachenangst lastete schwer auf ihr. Sie erreichte einen Baum mit einem dicken Stamm und stellte sich dahinter, vorsichtig herausspähend. Die beiden Drachen umkreisten einander, ihre Schwänze zuckten hinter ihnen hin und her. Sie waren gleich groß, obwohl Lireths Flügel größer waren.

Die anderen Drachen, die mit ihnen gekommen waren, erschienen über der Lichtung und ließen sich herab, um Lireth zu umzingeln. Die Enklave hatte fünf Drachen mit ihnen geschickt, um Lord D'Lances Truppen in Angst und Schrecken zu versetzen, und sie alle waren silbern. Gedrith hatte ihr erzählt, dass silberne Drachen die schnellsten unter den metallischen Farben seien, und nachdem sie sie selbst im Flug gesehen hatte, wusste sie, dass es stimmte.

Minas Herz hämmerte in ihrer Brust, während sie zusah. Sie erwartete, den Duft von Lavendel von Lireth zu riechen, aber stattdessen nahm sie nur Anklänge von Rose und Safran wahr. Sie waren in der Überzahl. Warum hatte sie keine Angst?

Ein Kampfschrei ertönte von der anderen Seite der Lichtung und eine Schar von Draman stürmte aus den Bäumen hervor. Ein Mann war bei ihnen, ein Mensch, und Minas Augen weiteten sich vor Überraschung. Nein, das konnte nicht sein. Sie keuchte auf.

Es war Caden.

6

»Sie ist gleich da oben!«

Caden führte Bast und eine Gruppe von Draman in eine Lichtung, wo er Lireth entdeckt hatte. Sobald man ihm gesagt hatte, dass ihre Feinde in der Gegend gesehen wurden, wusste er, dass es Ärger gab. Er konnte nicht erklären wie, aber er wusste genau, wo er sie finden würde. Als sie die Lichtung betraten, kam Caden schlitternd zum Stehen.

Es waren sechs andere Drachen da. Fünf waren silbern und einer war rötlich kupferfarben. Er war genauso monströs groß wie Lireth, und die metallischen Drachen hatten seine Meisterin umzingelt. Der Anblick so vieler dieser Bestien ließ seine Knie weich werden und Angst lähmte ihn. Hilflos sah er zu, wie die Draman vorwärts stürmten und die feindlichen Drachen angriffen. Es war, als würde man Ameisen dabei zusehen, wie sie versuchen, einen Baum zu fällen.

Der kupferne Drache fegte die Draman beiseite und stürzte sich auf Lireth. Sie brüllte und wich zurück, schlug mit ihren gewaltigen Klauen nach ihm. Sie verfehlte ihn und die beiden prallten aufeinander. Caden blieb wie erstarrt stehen. In seinem Kopf schrie er sich selbst an, etwas zu tun, seiner Meisterin zu helfen, aber was konnte er schon gegen Drachen ausrichten? Er würde sicher sterben. Und doch würde er lieber sterben, während er seine Meisterin verteidigte, als zuzusehen, wie sie ihren Feinden unterlag.

Caden nutzte jedes Quäntchen mentaler Stärke, das er aufbringen konnte, und kämpfte gegen die Angst an. Er stolperte ein paar Schritte vorwärts und zog sein Schwert, hielt dann aber inne. Würde Stahl überhaupt die Schuppen eines Drachen durchdringen? Wahrscheinlich nicht. Er steckte die Klinge wieder weg und lief zu einem Draman, der am Boden lag. Er bewegte sich nicht. Caden blickte in die offenen Augen des Dramans und sah kein Leben mehr darin. Er sah sich um und bemerkte, dass auch einige andere tot waren.

Lireth und der kupferne Drache kämpften immer noch, ein sich wälzender Ball aus bösartigen Klauen und schnappenden Zähnen. Die silbernen Drachen standen teilnahmslos daneben und ignorierten Caden und seine Männer. Bast half einem humpelnden Draman zum Waldrand, und er blickte über seine Schulter zu Caden. Nachdem der Draman außer Gefahr war, kehrte Bast zurück und gesellte sich zu ihm.

»Unsere Meisterin ist in der Unterzahl.«

»Wir brauchen mehr Männer«, sagte Caden.

»Nein«, erwiderte Bast. »Wir haben nicht genug, um einen einzigen Drachen zu besiegen, geschweige denn sechs.«

»Wir müssen ihr helfen.«

»Ja, aber wie?«

Caden hatte keine Antwort. Ja, wie denn?

»Was ist die verwundbare Stelle eines Drachen?«

Bast blieb still. Der kupferne Drache gewann die Oberhand und nagelte Lireth am Boden fest, wobei er seine Kiefer um ihren Hals schloss.

»Beeil dich!«

»Ohne eine magisch gefertigte Waffe ist die einzige Schwachstelle die Augen«, antwortete Bast. »Du wirst bei lebendigem

Leib verbrannt, bevor du nah genug rankommst, um irgendetwas zu versuchen.«

»Was ist mit Pfeilen?«

»Nein. Selbst wenn du die Treffsicherheit hättest, einen Drachen ins Auge zu treffen, sind Pfeile zu zerbrechlich, um die Membran zu durchdringen, die den Augapfel bedeckt. Ein Schwert könnte es schaffen, aber wie gesagt -«

»Spar dir deine Worte, mein Freund. Sie werden mich nicht umstimmen. Du hast das Kommando. Wenn ich sterbe, tu alles, was du kannst, um sie zu retten.«

Caden sprintete auf seine Meisterin zu und schlängelte sich zwischen den silbernen Drachen hindurch, die sie umzingelten. Er kletterte den Schwanz des kupfernen Drachen hinauf und rannte seinen Rücken entlang. Das Biest zuckte und Caden wäre fast abgerutscht, aber er klammerte sich an den Drachenschuppen fest und kämpfte sich weiter. Der Drache spreizte seine Flügel und versuchte, ihn wegzudrücken, aber Caden ließ sich auf alle viere fallen und machte weiter. Er erreichte den Hals des Drachen und stand auf, zog schnell seine Klinge. Wenn er die Kreatur nur in eines ihrer Augen treffen könnte, könnte seine Meisterin sich befreien.

Bevor er einen weiteren Schritt machen konnte, ließ der Drache von Lireth ab und erhob sich in die Luft, wobei er sich auf seine Hinterbeine stellte. Caden versuchte verzweifelt, sich am Drachen festzuhalten, aber seine Hände rutschten von den Schuppen ab und er fiel, landete hart auf dem Boden. Der Aufprall presste ihm die Luft aus den Lungen und Sterne explodierten vor seinen Augen.

Befreit aus dem Maul des kupfernen Drachen, stand Lireth auf und sprang in die Luft, entkam. Die silbernen Drachen setzten ihr nach, aber der kupferne Drache brüllte sie an und sie blieben, wo sie waren. Während Caden darum kämpfte, wieder zu Atem zu kommen, blitzte der Blick in Lireths Augen vor seinem geistigen Auge auf. Sie hatte Angst, aber wovor? Vor dem kupfernen Drachen oder davor, wieder gefangen zu werden?

Der Gedanke verschwand aus seinem Kopf, als der kupferne Drache sich ihm zuwandte und seine klauenbewehrte Hand sich um ihn schloss. Er würde sterben. Daran bestand kein Zweifel. Aber er hatte dafür gesorgt, dass seine Meisterin entkam, und so hatte er seine Pflicht erfüllt. Er schloss die

Augen, als das Gesicht des Drachen sich auf ihn herabsenkte.

»Halt!«

Es war eine Frauenstimme. Schritte näherten sich, aber er wagte es nicht, die Augen zu öffnen. Er wartete darauf, Schmerz zu spüren, aber nichts geschah. Ein paar Sekunden vergingen und das Gewicht des Drachen hob sich von seinem Körper. Er blinzelte vorsichtig und sah eine Frau vor sich stehen. Sie hatte ihm den Rücken zugewandt. Ihr Haar war lang und blond, und sie trug eine Rüstung und ein Schwert an ihrer Seite.

Schließlich drehte sie sich um, und seine Augen weiteten sich. Es war Mina! Seine Aufregung verflog schnell. Sie konnte nicht hier sein, nicht wirklich. Entweder halluzinierte er oder ... er war tot. Ja, es musste Letzteres sein. Mina kniete sich neben ihn und sah ihm in die Augen.

»Caden? Kannst du mich hören?«

Ihre Stimme war dieselbe wie zu Lebzeiten. Er lächelte sie an.

»Ich weiß, dass das nicht real ist«, keuchte er. »Aber das ist mir egal.«

»Was ist nicht real?«

»Du. Das hier. Alles.«

Mina lachte. »Es ist alles real«, sagte sie.

»Sogar du?«

»Ja. Hier, lass mich dir aufhelfen.« Sie bot ihm ihre Hand an. Caden nahm sie an und sie zog ihn in eine sitzende Position, dann auf die Füße. Die Drachen ragten über ihm auf, Tod in ihren Augen. Er entdeckte sein Schwert am Boden und machte Anstalten, danach zu greifen, aber das Knurren des kupfernen Drachen hielt ihn davon ab.

»Er wird mir nichts tun«, sagte Mina und warf einen Blick hinter sich. »Hier.« Sie hob das Schwert auf und reichte es ihm. Caden nahm es zögernd entgegen und steckte es in die Scheide.

»Was geht hier vor? Halten diese Kreaturen dich gegen deinen Willen fest?«

»Kaum. Sie sind meine Beschützer. Nun, diese hier sind es.« Mina winkte den silbernen Drachen zu, dann deutete sie mit dem Daumen hinter sich. »Dieser hier ist mein Freund.«

»Freund?«

»Ja. Sein Name ist ...« Sie zögerte. »Copper. Er und ich sind verbunden.«

»Ich verstehe nicht.«

»Du hast dir den Kopf ziemlich hart angeschlagen, als du gefallen bist. Du solltest dich wahrscheinlich wieder hinsetzen.«

»Mir geht's gut«, sagte er. »Ich bin nur verwirrt. Du hast gesagt, du wärst mit einem Drachen verbunden. Was bedeutet das?«

»Wir können unter anderem mit unseren Gedanken miteinander kommunizieren. Ich weiß, das ist viel zu verarbeiten.«

Caden blickte von ihr zum kupfernen Drachen. Sie konnten mit ihren Gedanken kommunizieren? So hatte Lireth mit ihm gesprochen. Die Ähnlichkeit erschreckte ihn. Bedeutete das, dass er mit Lireth verbunden war? Er konnte ihre Anwesenheit spüren, aber sie war nicht in der Nähe.

»Was machst du hier?«

»Das ist eine lange Geschichte«, antwortete sie. »Warum hast du Copper angegriffen?«

»Weil er meinen Meister angegriffen hat.«

Minas Stirn runzelte sich. »Deinen Meister? Meinst du Lord D'Lance?«

»Nein. Dieser Tyrann kann meinetwegen verbrennen. Ich rede von Lireth.«

»Der schwarze Drache?«

»Ja.«

Minas Gesichtsausdruck verdüsterte sich. »Oh. Ich habe schlechte Neuigkeiten.«

7

Mina stand neben Gedrith und beobachtete Caden, wie er auf der Lichtung auf und ab ging. Die anderen Drachen waren in die Höhle gegangen, nachdem Gedrith ihnen gesagt hatte, Lireth nicht zu verfolgen, und Mina hatte Caden von der Geschichte seines Meisters mit Gedrith und der Enklave erzählt. Sie vermutete, dass er sich im Zwiespalt befand, wo seine Loyalität lag.

Er kann nicht gerettet werden, sagte Gedrith.

Warum sagst du das?

Lireth ist der hinterhältigste Drache, den ich je gekannt habe. Wenn sie sich mit ihm verbunden hat, ist sie vollständig in seinem Geist verwurzelt.

Kann eine Verbindung gebrochen werden?

Ich habe noch nie erlebt, dass eine gelöst wurde, außer durch den Tod.

Mina hatte ein flaues Gefühl im Magen. Caden war ihr Freund, und sie hatte zuvor mit dem Gedanken gespielt, dass sie mehr als das sein könnten, aber wenn das, was Gedrith sagte, stimmte, dann wusste sie nicht, wie ihre Wege enden würden.

Als du Lucius verloren hast, wie hat sich das angefühlt?

Als hätte ich einen Teil von mir verloren, antwortete Gedrith.

Fühlt es sich für Menschen genauso an?

Ja. Ich denke, das ist der Grund, warum Areg all diese Jahre bei uns geblieben ist. Bei uns zu sein, muss ihm Trost von dem Schmerz bringen. Man sagt, die Zeit heile alle Wunden, aber das stimmt nicht immer. Manche Wunden heilen nie.

Der Schmerz hinter seinen Worten zerriss ihr das Herz. Sie legte tröstend eine Hand auf sein Vorderbein. Caden hörte auf, im Kreis zu laufen, und wandte sich ihr zu, zielstrebig auf sie zugehend.

»Kann ich mit dir sprechen?«, fragte er. »Allein?«

Gedrith knurrte.

Schon gut, beruhigte Mina ihn. *Caden würde mir nie wehtun.*

Das sagst du. Du kennst Lireth nicht oder wozu sie fähig ist.

Mir wird nichts passieren.

Mina gesellte sich zu Caden, und sie gingen gemeinsam durch den Wald, bis Gedrith nicht mehr zu sehen war.

»Ich möchte mich entschuldigen«, sprach er schließlich.

»Wofür?«

»Dafür, dass ich dich in Klodian Keep geküsst habe.«

Minas Gesicht wurde warm bei der Erinnerung. Er hatte sie in jener Nacht atemlos und verwirrt zurückgelassen, und dann hatte sie ihren neu gewonnenen Status genutzt, um Lord Klodian zu veranlassen, ihn in die Dracan-Dominion zu schicken. Es schien alles so lange her zu sein, und doch fühlte es sich, als sie jetzt bei ihm stand, an, als wäre er nur ein paar Tage weg gewesen.

»Du musst dich dafür nicht entschuldigen«, sagte Mina. »Es war schön.«

Sie starrten sich einen Moment schweigend an, und Caden kam näher und legte eine Hand an ihren Hals, seinen Daumen über ihre Wange streichend. Ihr Herz begann zu rasen, und sie lehnte sich zu ihm. Er kam ihr entgegen, ihre Lippen trafen sich. Feuer durchströmte sie, brannte unter ihrer Haut. Es weckte Begierden in ihr, von denen sie nie wusste, dass sie sie wollte. Als

Caden sich von ihr löste, war es, als würde sie aus einem Traum erwachen.

»Ich bin froh, dass du wegen unseres ersten Kusses nicht verärgert warst. Ich muss zugeben, die Angst, dass du mich dafür hasst, hat mich viele Nächte wachgehalten. Nachdem Thais mich an Hauptmann Eduard verraten und ich hierher geschickt wurde, dachte ich, ich würde dich nie wiedersehen.«

»Was meinst du? Was hat Thais Hauptmann Eduard erzählt?«

»Ich habe etwas in den Ruinen von Slia gefunden, einen Stein. Ich wusste es damals nicht, aber es ist ein Teil einer Rüstung, die Lord D'Lances Männer benutzten, um sich vor Drachenfeuer zu schützen. Lord D'Lance hat diese Stadt mit seinen Drachenreitern zerstört. Thais wollte, dass ich Hauptmann Eduard sage, was ich gefunden hatte, aber ich weigerte mich. Das nächste, was ich wusste, war, dass ich im Kerker eingesperrt wurde.«

Mina spürte, wie sich ihre Kehle zuschnürte. Er dachte, Thais sei für seine Abreise aus dem Thophat verantwortlich? »Hat Thais dir gesagt, sie hätte etwas gesagt?«

»Nein, aber sie muss es gewesen sein. Es gibt keine andere Erklärung dafür, warum ich hierher geschickt wurde.«

»Ich dachte, du wolltest Ruhm und Reichtum erwerben? Hast du nicht gesagt, du wolltest in eine Dominion versetzt werden, wo du in den Kampf ziehen und dir einen Namen machen könntest?«

»Das wollte ich, aber nachdem ich dich und Thais kennengelernt hatte, änderte ich meine Meinung. Ich werde ihr eines Tages auf dem Schlachtfeld begegnen, und nur einer von uns wird lebend davonkommen.«

»Caden, da ist etwas, das ich dir sagen muss«, sagte Mina, ihre Stimme wurde leiser.

»Was ist es?«

»Thais ist nicht diejenige, die dich hierher gebracht hat. Ich war es.«

Caden runzelte die Stirn, seine Augenbrauen zogen sich zusammen.

»Es tut mir leid. Ich dachte, es wäre das, was du wolltest. Nachdem ich Lord Klodians Leben draußen in den Tafelbergen gerettet hatte, fragte er mich, wie er sich bei mir revanchieren könnte. Ich bat ihn, dich in eine Dominion zu versetzen, wo du Zeit auf dem Schlachtfeld verbringen würdest. Du wurdest meinetwegen versetzt.«

Der Ausdruck auf seinem Gesicht ließ ihren Magen sich zusammenziehen. Sie wusste, was er denken musste. Er hasste sie wahrscheinlich jetzt und bereute es, sie überhaupt jemals geküsst zu haben.

»Ich bin ein Narr«, flüsterte er. »Die ganze Zeit dachte ich ...« Seine Augen trafen ihre, und sie fühlte, als würde er irgendwie in ihrer Seele lesen.

»Es tut mir leid«, wiederholte sie.

»Das muss es nicht. Ich bin nicht böse auf dich, nur ... überrascht. Ich hatte keine Ahnung. Den Göttern sei Dank, dass Thais nicht weiß, was ich seitdem alles im Stillen über sie gesagt habe. Sie würde mich sicher verprügeln wollen.«

Erleichterung überkam Mina wie eine beruhigende Welle kühlen Wassers.

»Danke, dass du nicht sauer bist. Ich dachte, ich würde das Selbstloseste tun, weil ich nicht wollte, dass du gehst.«

»Es hätte besser laufen können, aber es scheint sich alles zum Guten gewendet zu haben. Wir sind jetzt beide hier, und wir haben beide Drachenbegleiter.«

»Außer dass deiner eine mörderische Irre ist«, sagte Mina.

»Du kennst sie nicht so wie ich. Sie hat niemanden ermordet.«

»Noch nicht.«

»Unsere Kräfte sollten sich gegen Lord D'Lance verbünden. Wir sind zusammen stärker. Ich weiß, sie haben eine turbulente Vergangenheit, aber sich gegen einen gemeinsamen Feind für das größere Wohl zu vereinen, ist schwer zu widerlegen. Das könnte der beste Weg für die Drachen sein, ihre Differenzen beizulegen.«

»Ich glaube nicht, dass die Enklave zustimmen würde. Was Lireth getan hat, war unverzeihlich, selbst nach all dieser Zeit. Wenn es wirklich eine Verbindung zwischen euch beiden gibt, kennst du ihre Gedanken. Sie ist nicht einfach nur fehlgeleitet, sie ist böse. Die Enklave wird sich nie mit ihr verbünden, und sie hat ihre Gefühle deutlich gemacht. Sie plant, sie anzugreifen, sobald Lord D'Lance tot ist.«

»Sie hat mir dasselbe gesagt«, erwiderte Caden. »Vielleicht verdient es die Enklave, zu fallen.«

Mina zog sich von ihm zurück und runzelte die Stirn.

»Du weißt nicht, wovon du redest. Ich habe die Enklave gesehen. Sie wollen das Beste für ihre Art. Lireth will nur Tod und Zerstörung. Siehst du denn nicht das Problem daran?«

»Aus der Asche wird Neues entstehen. So ist der Lauf des Lebens.«

»Du hast dich verändert«, sagte Mina und wich weiter zurück. »Unsere Schicksale mögen miteinander verwoben sein, aber sie sind nicht vereint.«

Caden starrte sie schweigend an. Sie betete im Stillen, dass er zur Vernunft kommen und die richtige Entscheidung treffen würde. Sein Gesichtsausdruck verwandelte sich in Wut.

»Du bist diejenige, die sich verändert hat. Du willst mir Vorträge halten? Nur eine Person hier ist für den Tod von Drachen verantwortlich, und das bin nicht ich. Ich kann verstehen, warum Lireth deine Drachen hasst. Sie haben sich mit einer Mörderin verbündet.«

Seine Worte trafen sie tief. Sie spürte Gedriths Präsenz in ihrem Geist und ließ seine Stärke durch sich fließen. Mina stählte ihre Gefühle.

»Geh«, sagte sie.

Sie starrten einander tödlich an, bis Caden schnaubte und davonstürmte. Sie sah ihm nach, und er drehte sich kein einziges Mal um.

Es war das zweite Mal, dass sie zusah, wie er ging, während ihr Herz brach.

8

Caden stapfte wütend durchs Unterholz. Er konnte nicht glauben, dass Mina sich geweigert hatte, sich mit ihm zu verbünden. Sie dachte, er hätte sich verändert, aber da irrte sie sich. Oder wenn überhaupt, dann nur insofern, als dass er nicht mehr blind war. Er hatte einen Zweck, einen *echten* Zweck. Früher wollte er Ruhm und Reichtum, aber jetzt wollte er sicherstellen, dass Lireth in jedem Vorhaben erfolgreich war.

Er erreichte das Lager und ging direkt zu ihrem üblichen Platz. Sie wartete dort auf ihn.

»Geht es dir gut?«, fragte er. »Ich habe versucht, dir zu helfen, aber gegen einen Drachen kann ich nicht viel ausrichten.«

Mir geht es gut, aber ich sehe, dir nicht. Was ist passiert? Zorn strahlt von dir aus wie die Sonne.

Er überlegte, es ihr nicht zu erzählen, aber er wusste, dass sie ohnehin seinen Geist durchforsten und es herausfinden würde.

»Das Mädchen mit den Drachen ... ihr Name ist Mina. Ich kenne sie aus der Thophate-Herrschaft. Sie sagte, sie sei mit dem roten Drachen verbunden.« Caden war immer noch neugierig auf diese Verbindung, wusste aber nicht, wie er das Thema ansprechen sollte.

Ich kenne Gedrith. Wir haben viel Geschichte miteinander. Es ist schade, dass er seine Loyalität der Enklave gegeben hat.

»Mina auch. Ich habe ihr einen Platz in unseren Reihen angeboten, und sie hat abgelehnt.«

Die Enklave hat die Fähigkeit, Unschuldige zu verzerren und sie zu Fanatikern ihrer Sache zu machen. Sobald ich ihre Welt zu Asche verbrannt habe, werden ihre Sklaven frei sein, selbst zu denken. Ich spüre, dass deine Gefühle für das Mädchen stark sind. Du darfst nicht zulassen, dass deine Emotionen dein Urteilsvermögen trüben. Es könnte der Tag kommen, an dem du sie töten musst.

Caden war zwar wütend auf sie, aber das bedeutete nicht, dass er ihren Tod wollte. Er war größtenteils überzeugt, dass sie zur

Vernunft kommen würde, er wusste nur nicht, ob der rote Drache das behindern würde.

Wirst du in der Lage sein, sie zu töten, wenn es dazu kommt?

»Ich weiß es nicht.«

Dann werde ich es dir leicht machen. Du sollst sie töten, wenn du sie wieder siehst, sagte Lireth. *Das ist mein Befehl.*

Caden kniete vor ihr nieder und senkte den Kopf. Er hielt seinen Geist klar, damit sie seine wahren Gefühle zu diesem Befehl nicht erkennen konnte.

»Wie Ihr befehlt«, sagte er.

Gut. Deine Loyalität ist stärker als die meiner Brüder. Du hast etwas geschafft, was nur wenige zuvor getan haben. Du hast mich beeindruckt.

»Es ist mir eine Ehre, das zu tun. Sind wir hier sicher, oder sollten wir das Lager wieder verlegen?«

Wir bleiben, wo wir sind. Wenn Gedrith glaubt, er könne mich einschüchtern, irrt er sich. Ich fürchte ihn nicht. Er ist derjenige, der mich fürchten sollte.

»Sollten wir den Kampf zu ihnen bringen? Ich kann unsere Truppen sammeln und sie unter dem Schutz der Nacht dorthin führen.«

Nein, knurrte Lireth. *Ich brauche erst mehr meiner Brüder an meiner Seite. Lord D'Lance ist vorerst deine einzige Sorge. Wir werden uns um Gedrith kümmern, nachdem Lord D'Lance gefallen ist. Ich gehe jetzt und komme heute Abend zurück.*

»Gibt es etwas, das du während deiner Abwesenheit erledigt haben möchtest?«

Muss ich dir alles vorschreiben?

»Nein, natürlich nicht.«

Gut.

Lireth breitete ihre Flügel aus und erhob sich in die Luft, gen Norden fliegend. Caden sah ihr nach, bis sie nicht mehr zu sehen war, dann kehrte er ins Lager zurück und suchte Bast.

»Ich brauche ein paar Kundschafter«, sagte er. »Höchstens zwei oder drei Draman. Sie müssen unauffällig sein.«

»Ist das etwas, das die Meisterin will?«

»Nein, das ist etwas für mich.«

Bast nickte. »Was ist die Aufgabe?«

»Ich brauche sie, um jemanden im Auge zu behalten.«

»Das Mädchen?«

»Ja.«

»In Ordnung. Ich werde sie bei der Höhle postieren. Wenn sie irgendwohin geht, wirst du es erfahren.«

»Danke, mein Freund. Haben wir den Rest der Vorräte vom Überfall heute bekommen?«

»Ja«, antwortete Bast. »Wir haben genug Reis und Getreide für eine Woche, vielleicht länger. Es hilft, aber wir brauchen immer noch mehr Vorräte.«

»Wenn Lireth ihre Brüder dazu bringt, sich ihr anzuschließen, dann werden wir alles haben, was wir brauchen, wenn Velbridge brennt. Ich hoffe, sie wird uns eine Pause gönnen, bevor sie uns in die Wüste marschieren lässt.«

»Die Wüste?«

»Ich habe vergessen, es dir zu sagen. Lireth will das Zuhause der metallischen Drachen angreifen, nachdem wir uns um Lord D'Lance gekümmert haben.«

Basts linkes Auge zuckte, aber er sagte nichts.

»Ist das ein Problem?«

»Nein, aber wir werden viele Dinge für eine so lange Reise brauchen. Und was ist mit den anderen Herrschaften? Wir könnten auf Schwierigkeiten stoßen, besonders wenn sich die Nachricht verbreitet. Und wenn die Nachricht die anderen Herrschaften noch nicht erreicht hat, was werden die anderen Lords von einer Armee halten, die durch ihr Gebiet marschiert? Es gibt viel zu bedenken.«

»Da stimme ich zu«, erwiderte Caden. »Wir müssen bald mit der Planung beginnen. Wenn es nach Lireth geht, werden wir zu den Langen Sanden marschieren, bevor die Glut von Velbridge abgekühlt ist. Ich gehe spazieren. Sag mir Bescheid, wenn die Kundschafter etwas haben.«

»Wie Ihr befehlt«, antwortete Bast.

Caden verließ das Lager und wanderte allein durch die Wälder, um seinen Kopf frei zu bekommen. Mina hatte ihn mit Wut und Frustration aufgewühlt. Jetzt, da Lireth ihm befohlen hatte, sie zu töten ... er tastete mental seinen Geist ab, um zu sehen, ob sie anwesend war. Ihre Präsenz war da, aber sie war schwach.

Gut, dachte er. Er hatte selten Zeit für seine eigenen Gedanken, und obwohl ihm der Mangel an Privatsphäre normalerweise nichts ausmachte, hatte er aufgewühlte Gefühle bezüglich ihres neuen Befehls. Konnte er Mina wirklich töten? Natürlich *könnte* er, aber *würde* er? Hatte er die Überzeugung dazu? Caden war froh, dass Lireth weg war. Wenn sie wüsste, dass er Zweifel an ihrem Befehl hatte, wäre sie wütend.

Und was war mit Bast? Seine Reaktion auf die Nachricht, dass sie in die Wüste marschieren würden, um gegen die Enklave zu kämpfen, verhieß nichts Gutes. Waren die Draman so loyal, wie Lireth annahm? Bast hatte einmal gesagt, dass das Menschliche in ihm gegen den Drachen kämpfte. Vielleicht litten sie alle unter diesem inneren Kampf. Und wenn sie das taten ... nun, wer wusste, was passieren würde, wenn der menschliche Teil gewinnen würde.

Wenn die Draman gegen Lord D'Lance rebellierten, gab es nichts, was sie davon abhalten würde, sich von Lireth loszusagen. Sie verehrten sie, als wäre sie eine Göttin. Während er zugab, dass sie ehrfurchtgebietend und einschüchternd war, war sie sterblich wie er. Sie war keine Göttin, egal wie sehr die Draman sie anbeteten.

»Hör auf damit«, murmelte Caden zu sich selbst. Seine Gedanken schweiften zu weit ab, als dass es ihm angenehm wäre. Vielleicht war es gut, dass Lireth so oft in seinem Kopf war. Andernfalls war ihm nicht zu trauen. Es schien, als hätte auch er einen inneren Kampf. Er hatte nie zuvor an seiner Meisterin gezweifelt. Warum tat er es jetzt? Die Antwort war offensichtlich.

Es war Mina.

Sie war der Grund, warum er aus dem Thophate weggeschickt worden war. Sie war auch der Grund für alles, was er durchgemacht hatte. Wäre er unter Lord Klodians Befehl geblieben, wäre ihm nichts von all den schrecklichen Dingen widerfahren. Ja, die Schuld lag bei ihr. Sie war leichtsinnig und nicht vertrauenswürdig. Vielleicht hatte Lireth Recht. Sie war schließlich nicht von Vorurteilen getrübt.

Mina musste sterben.

9

Mina saß am Eingang der Höhle vor einem kleinen Feuer und starrte ins Leere, während ihre Gedanken wilde Kapriolen schlugen. Ihr Abendessen war längst kalt geworden. Sie war jetzt nicht mehr die Einzige, die mit einem Drachen verbunden war. Der Gedanke behagte ihr nicht, aber nur weil Cadens Drache böse war. Am meisten störte sie, dass er versucht hatte, sie davon zu überzeugen, sich auf die falsche Seite zu schlagen.

War es ihre Schuld? Schließlich war sie es gewesen, die Lord Klodian dazu gebracht hatte, ihn wegzuschicken. Doch obwohl das stimmte, kontrollierte sie nicht seine Gedanken und Handlungen. Er hatte sich entschieden, Lireth zu folgen und sich mit der Dunkelheit zu verbünden. Nein, beschloss sie, es war nicht ihre Schuld. Gedrith hatte ihr gesagt, dass Lireth hinterhältig war, und

68

Mina war überzeugt, dass der Drache sich ohne Cadens Wissen mit ihm verbunden hatte.

Ich glaube, du liegst mit dieser Denkweise richtig, drang Gedriths Stimme in ihre Gedanken. Er ist sich vielleicht nicht einmal bewusst, dass sie seine Gedanken beeinflusst.

Mina seufzte und warf ihr Essen ins Feuer, dann stand sie auf. Ihr Appetit war vergangen. Sie löschte das Feuer und ging tiefer in die Höhle hinein. Es war für ein paar Schritte dunkel, aber leuchtendes Moos spannte sich wie ein Spinnennetz über die Höhlendecke und erweckte den Eindruck, als sei der Stein rissig.

Es scheint nicht fair zu sein, dass Caden nicht weiß, was sie mit ihm macht, sagte sie, während sie sich neben Gedrith setzte.

Das Leben ist selten fair.

Das weiß ich besser als jeder andere. Mein Punkt ist, dass ich es nicht fair finde, dass ein Drache so viel Macht über ein anderes Wesen haben kann.

Das ist die natürliche Ordnung der Dinge. Einige Arten sind mächtiger als andere.

Mina lehnte sich mit dem Rücken an Gedrith und starrte auf das leuchtende Moos. Wenn sie Lord D'Lance töten wollte, musste sie sich mit dem Grundriss von Velbridge vertraut machen und, wenn möglich, einen Weg in die Burg finden.

Was machen wir mit Lireth? fragte sie. Sie könnte unsere Pläne durchkreuzen.

Ich werde mich selbst um sie kümmern, aber ich muss auf die richtige Gelegenheit warten. In der Zwischenzeit werden meine Brüder Lord D'Lance einige Kopfschmerzen bereiten. Sie planen, einige seiner Außenposten an der Grenze anzugreifen. Da er seine Draman und Drachenreiter einsetzt, um das Gebiet in der Nähe der Burg zu patrouillieren, ist dies die sicherste Option, um eine offene Schlacht zu vermeiden.

Gute Idee. Mina unterdrückte ein Gähnen, ihre Erschöpfung war stärker, als sie gedacht hatte.

Schlaf, solange du kannst, sagte Gedrith. Bald werden wir keine Zeit zum Ausruhen haben.

Mina hatte das Gefühl, dass er Recht hatte. Sie schlief ein, und als sie das nächste Mal die Augen öffnete, fielen schräge Sonnenstrahlen in die Höhle. Gedrith schlief noch, also stand sie leise auf und schlich aus der Höhle, wobei sie einen Blick über ihre Schulter warf. Sie rieb sich den Schlaf aus den Augen, streckte sich und betrachtete den Wald. Über ihr zwitscherten Vögel, also wusste sie, dass keine

Draman in der Nähe waren. Zumindest hoffte sie das.

Ihre Träume hatten eine Idee genährt, und sie wollte sie umsetzen, bevor Gedrith wusste, was sie vorhatte. Ihr Magen war leer, aber sie hatte keine Zeit für ein Frühstück. Velbridge rief nach ihr.

Mina wandte sich nach Nordwesten und begann den Marsch zur Stadt von Lord D'Lance. Wenn sie den Herrn der Dominion töten wollte, musste sie den Grundriss seines Gebiets kennen, und sie dachte, es wäre einfacher, das allein zu tun. Es war ja nicht so, als ob Gedrith sie begleiten könnte. Der Anblick eines Drachen, der auf die Stadt zuflog, würde nicht nur Panik auslösen, sondern auch Lord D'Lance's Aufmerksamkeit erregen. Je länger sie das Überraschungsmoment bewahren konnte, desto besser waren ihre Erfolgschancen.

Der Wald wich bald offenem Flachland, und in der Ferne erblickte Mina die Mauern von Velbridge. Mit der Stadt in Sicht beschleunigte sie ihre Schritte. Als sie die Tore erreichte, hatten sich Schweißtropfen auf ihrer Stirn gesammelt. Eine Vielzahl von Wachen behielt jeden, der durch die Tore ein- und ausging, wachsam im Auge, belästigte aber ansonsten niemanden. Mina hielt den Atem *an, als sie an ihnen vorbeiging, und betete zu Avera, dass sie sie nicht aufhalten würden.*

Erleichterung durchströmte sie und sie entspannte sich ein wenig, als sie in der Stadt war. Überall waren Patrouillen unterwegs, sowohl aus Menschen als auch aus Draman. Es überraschte sie, die Kreaturen frei herumlaufen zu sehen, und die Stadtbewohner wichen ihnen aus, wann immer sie sich näherten. Die Anspannung in der Luft war offensichtlich, und Mina fragte sich unwillkürlich, was sie verursacht hatte.

Sie schlenderte die Hauptstraße entlang, bevor sie in eine Seitenstraße einbog und eine Taverne betrat. Der Ort war spärlich besucht, und Mina setzte sich an die Bar.

Ein dicklicher, kahlköpfiger Mann eilte herbei und lächelte freundlich.

»Was kann ich Ihnen bringen?« fragte er.

»Was haben Sie denn zu essen?«

»Das Übliche. Wie wäre es mit Eiern und Wurst?«

»Das klingt köstlich.«

»Perfekt! Und ein Bier zum Runterspülen?«

»Haben Sie Wasser?«

Der Mann lachte. »Das haben wir, aber wir bekommen nicht viele Anfragen danach. Ich bringe es Ihnen gleich.«

Mina sah ihm nach, wie er davon eilte, und blickte sich im Raum um. Die meisten Gäste tranken Bier, und sie konnte nicht glauben, dass sie es so früh am Tag zu sich nahmen. Am nächsten Tisch unterhielt sich eine Gruppe Männer über die verstärkten Patrouillen in der Stadt. Mina tat so, als kümmere sie sich um ihre eigenen Angelegenheiten, hörte aber aufmerksam ihrem Gespräch zu.

»All diese Kreaturen sind schlecht fürs Geschäft«, sagte einer von ihnen. »Jeder hat Angst, sein Haus zu verlassen, und ich kann nichts verkaufen, wenn ich keine Kunden habe.«

Ein anderer Mann nickte. »Mein Geschäft ist innerhalb weniger Tage völlig eingebrochen. Ich weiß ja nicht, wie es euch geht, aber ich gebe demjenigen die Schuld, der hinter diesem gescheiterten Angriff steckt. Lord D'Lance mag diese widerlichen Bestien die ganze Zeit gehabt haben, aber ich hätte es vorgezogen, wenn er sie geheim gehalten hätte.«

»Ich hasse es, das zuzugeben, aber ich muss vielleicht packen und woanders hinziehen, wenn sich die Dinge nicht schnell ändern. Ich habe eine Familie zu ernähren.«

Mina runzelte die Stirn. Ein gescheiterter Angriff? Sie fragte sich, ob es etwas mit Caden zu tun hatte. Das Klappern eines Tellers ließ sie sich umdrehen, und sie sah, dass der Wirt ihr Essen zusammen mit einem Holzkrug voll klarer Flüssigkeit gebracht hatte.

»Das macht dann zwei Silberstücke.«

Mina griff an ihre Hüfte und merkte, dass sie kein Geld hatte. Der Ausdruck auf ihrem Gesicht musste dem Wirt einen Hinweis gegeben haben, denn er lächelte wieder.

»Zum ersten Mal hier?«

Sie nickte.

»Geht aufs Haus, aber beim nächsten Mal musst du zahlen.«

»Danke, aber ich kann das nicht annehmen-«

»Doch, du kannst und du wirst«, erwiderte er. »Genieß es!«

Er eilte zu einem anderen Kunden, bevor sie weiter argumentieren konnte. Sie starrte auf den Teller mit dampfenden Eiern und überlegte, ob sie gehen sollte, aber der Hunger siegte und sie verschlang sie gierig. Das Wasser war kühl und löschte ihren Durst.

Wo bist du? Gedriths Stimme erschreckte sie.

Velbridge. Ich wollte das Stadtbild kennenlernen.

Hast du die Draman gesehen?

Ja. Die Stadt wimmelt von ihnen. Es gab kürzlich einen Angriff, und Lord D'Lance hat überall die Sicherheitsmaßnahmen verschärft.

Nicht diese Draman. Die, die im Wald waren.

Minas Stirn runzelte sich. Was meinst du?

Du wirst verfolgt.

10

Caden war vor Sonnenaufgang wach. Das Geräusch flatternder Flügel hatte ihn geweckt. Nicht, dass er ohnehin in einem tiefen Schlaf gewesen wäre. Seine Träume waren dunkel gewesen und hatten ihn daran gehindert, sich auszuruhen. Er streckte seine Muskeln und durchquerte das Lager in Richtung von Lireths üblichem Platz.

Es überraschte ihn zu sehen, dass sie mit mehr als nur ein paar Drachen zurückgekehrt war. Es gab ein Dutzend dieser Kreaturen, die meisten von ihnen ebenso ebenholzfarben geschuppt wie sie, aber es gab vier Ausnahmen. Zwei grüne Drachen, einen blauen und einen weißen. Die grünen waren dick und klobig, aber nicht so groß wie Lireth. Der weiße war der kleinste von allen, sah aber genauso grimmig aus. Von allen zog der blaue seine Aufmerksamkeit am meisten auf sich.

Er war der größte der Neuankömmlinge und überragte das grüne Duo. Viele der Schuppen in seinem Gesicht waren abgesplittert oder fehlten völlig, was dem Drachen ein bedrohliches Aussehen verlieh. Wo ganze Schuppen fehlten, war das Fleisch vernarbt und gefleckt. Er riss seinen Blick weg, bevor die Bestie ihn ansah.

»Ich sehe, du warst erfolgreich«, sagte Caden zu Lireth.

Ihre Anzahl ist geringer als ich wollte, aber ich werde sie nehmen. Mehr werden kommen, wenn sie die Verwüstung sehen, die ich über Lord D'Lances Gebiet bringe.

»Sie werden unsere Streitkräfte sicherlich verstärken, aber er wird wissen, dass wir kommen, lange bevor wir das Schloss erreichen. Ein Dutzend Drachen am Himmel wäre schwer zu übersehen.«

Deshalb werden wir seine Späher ausschalten.

»Die Draman können das bewerkstelligen, aber sie werden einen Weg finden müssen, sich in die Stadt zu schleichen. Der Ort hat überall Wachen. Wir können sie vor uns schicken, aber ihre Aufgabe wird eine Herausforderung sein.«

Ich spreche von den Drachen, die den Himmel patrouillieren. Es sind nur wenige.

Wenn sie aus dem Weg sind, wird er gegen unseren Ansturm wehrlos sein.

»Du bist genauso clever wie du ehrfurchtgebietend bist«, lobte Caden.

Du sprichst das Offensichtliche aus. Informiere Bast, dass er das Kommando hat, bis du zurückkehrst.

»Zurückkehren von wo?«

Du und ich werden diejenigen sein, die die Späher ausschalten.

»Was nütze ich dabei? Ich kann keinen Drachen verletzen, noch könnte ich einen vom Boden aus angreifen, selbst wenn ich es könnte.«

Du wirst auf meinem Rücken reiten. Lireth schnaubte verächtlich. Rauchschwaden drangen aus ihren Nüstern. *Benutze dein Gehirn, bevor ich eine andere Verwendung für dich finde.*

Caden verbeugte sich vor ihr. »Meine Entschuldigung«, sagte er. »Mir war nicht klar, dass du mir diese Ehre gewähren würdest.«

Es ist ein Privileg, das ich dir gewähre, weil du mit mir verbunden bist.

»Ist das dasselbe wie gebunden zu sein? Mina erwähnte, dass sie an Gedrith gebunden war. Teilen wir dieselbe Verbindung?«

Lireth betrachtete ihn einen Moment lang schweigend.

Ja, aber unsere Bindung ist anders. Wenn ich fühle, dass du bereit bist, werde ich dich darüber unterrichten.

»Ich freue mich darauf, mich in deinen Augen als würdig zu erweisen.«

Caden kehrte ins Lager zurück und fand Bast beim Frühstücken. Er saß neben den glühenden Überresten eines Feuers von der Nacht zuvor. Ihre Blicke trafen sich, und der Draman erhob sich.

»Was gibt es?«

»Du hast das Kommando, während ich weg bin. Ich gehe mit unserer Meisterin, um den Himmel von Feinden zu säubern.«

»Wie viele Männer brauchst du?«

»Keine«, antwortete Caden. »Es sind nur die Meisterin und ich. Ihre Befehle, nicht meine.«

Er konnte an Basts Stirnrunzeln erkennen, dass der Draman nicht einverstanden war.

»Halte die Männer hier im Lager, außer den Spähern. Sie müssen auf den Kampf vorbereitet sein. Ich habe das Gefühl, dass sie Velbridge angreifen will, wenn wir zurückkehren.«

Basts Gesichtsausdruck hellte sich auf.

»Wir sind immer noch stark in der Unterzahl, aber die Männer werden bereit sein.«

»Das sollte kein Problem sein. Einige der Verbündeten unserer Meisterin haben sich ihr angeschlossen.«

»Wir könnten doch noch unsere Rache bekommen«, sagte Bast.

»In der Tat. Irgendwelche Nachrichten von den Draman im Wald?«

Bast blickte an Caden vorbei in Richtung Lireth.

»Noch nichts, aber ich habe sie angewiesen, alle zwölf Stunden Bericht zu erstatten. Ich sollte etwas für dich haben, wenn du zurückkommst.«

»Gut. Sie will Lord D'Lance genauso sehr töten wie jeder von uns, aber ich bezweifle, dass sie in die Nähe der Schlosstore kommt, bevor sie gefasst wird. Sie ist kein Soldat, also verstehe ich nicht, warum sie denkt, dass sie erfolgreich sein wird.«

»Man kann es nicht sagen. Vielleicht hat sie eine Geisteskrankheit. Das kann Menschen seltsame Dinge tun lassen.«

»Ich kann nur hoffen, dass das stimmt. Ich werde so bald wie möglich zurückkehren.«

Caden ging zu seinem Zelt und zog ein Kettenhemd an. Er wollte nicht zu schwer belastet sein, besonders wenn die Dinge schief gingen und er gezwungen wäre, allein zu fliehen. Er gürtete auch sein Schwert um, obwohl er nicht wusste, warum er sich die Mühe machte. Es war ja nicht so, als könnte er damit einen Drachen niederstrecken.

Er hielt am Zelt des Kochs an und schnappte sich etwas Käse und Reis, die er im Gehen hinunterschlang, während er zu Lireths Position zurückging. Sie war bei ihren Artgenossen, und sie waren alle in einem Kreis versammelt. Caden wartete in der Nähe und nahm die Details der anderen schwarzen Drachen in sich auf. Lireth war länger und größer als sie alle. Er vermutete, dass das etwas mit ihrem Alter zu tun hatte, aber das war nur eine Annahme. Die Drachen lösten sich voneinander, und Lireth blickte ihn an.

Komm. Das Blut unserer Feinde wird auf den Boden regnen.

Caden kletterte auf ihren Rücken und fühlte sich überwältigt und unwürdig. Er setzte sich zwischen ihre Schultern und umklammerte die Schuppen ihres Halses. Sie streckte ihre Flügel aus und erhob sich in die Luft, wobei der Wind ihn heftig umherwirbelte. Er hielt sich so fest wie er konnte, aber er war den Naturgewalten nicht gewachsen. Er verlor seinen Halt und wurde nach hinten geschleudert, wobei er gegen Lireths Rücken prallte und sich den Kopf anschlug.

Dein Griff ist zu schwach. Wenn du dich nicht festhalten kannst, wirst du in den Tod stürzen.

Ihre düsteren Worte gaben ihm den nötigen Anstoß, sich wieder aufzurichten, und er packte erneut ihre Schuppen. Er merkte, dass es half, sich tief hinunterzubeugen, praktisch sie zu umarmen. Der Wind peitschte immer noch gegen ihn, aber er drohte nicht mehr, ihn von ihrem Rücken zu schleudern. Es dauerte nicht lange in ihrem Flug, bis Caden vor ihnen ein Brüllen hörte. Er hob seinen Kopf und blinzelte schnell, um zu verhindern, dass seine Augen aus ihren Höhlen gerissen wurden.

Ein Drache kam auf sie zu. Er war sich nicht sicher, aber es sah aus, als stünde jemand auf dessen Rücken. Lireth brüllte und richtete sich in dessen Flugbahn aus. Hätte Caden seine Blase nicht schon vorher entleert, wäre er sich sicher gewesen, dass er sich jetzt in die Hose gepinkelt hätte. Er konnte den Boden unter sich sehen, aber irgendetwas daran, seine Füße nicht fest auf dem Boden zu haben, machte seinen Magen flau.

Hilflos beobachtete er, wie der Drache stetig näherkam. Als er fast über ihnen war, vollführte Lireth eine Fassrolle nach rechts, die ihm einen Schrei entlockte. Seine Arme und Beine fühlten sich an, als würden sie abrutschen, und gerade als er dachte, er würde fallen, richtete sich Lireth wieder aus und spie einen feurigen Strom auf ihren Feind, als sie aneinander vorbeizogen.

Die Flammen strömten harmlos über den anderen Drachen hinweg, aber der Reiter auf seinem Rücken schrie auf, als sie ihn überwältigten. Das Feuer zischte aus der Existenz, und Caden sah, dass von der Person nichts mehr übrig war. Lireth drehte bei und nahm die Verfolgung des Drachen auf. Sie streckte ihre Vorderbeine aus und spreizte ihre Krallen weit. Als sie sich hinabstürzte, hielt Caden den Atem an.

11

Warum sollten sie mir folgen? fragte Mina.

Ich bin sicher, sie stehen in Verbindung mit deinem Freund.

Er ist nicht mein Freund. Nicht mehr.

Es schmerzte sie, das zuzugeben. Caden war der erste und einzige gewesen, der sich trotz ihrer Missbildung mit ihr angefreundet hatte. Ihn neben Lireth in Richtung Zerstörung gehen zu sehen, brach ihr das Herz, aber sie hatte versucht, ihn von diesem Weg abzubringen. Sie hatte ihren Teil getan. Die Entscheidung, sich vom Bösen abzuwenden, lag allein bei ihm.

Minas Hand wanderte zum Griff ihrer Klinge, und sie musterte den Raum. Zwei Draman saßen an einem Tisch nahe der Tür. Sie hatte sie vorher nicht bemerkt, aber sie hatte auch den umgebenden Leuten nicht viel Aufmerksamkeit geschenkt.

Du musst wachsamer sein, sagte Gedrith.

Das habe ich gerade auch gedacht. Niemand außer Caden weiß, wer ich bin, und ich hatte nicht erwartet, dass er mich beobachten lässt.

Du solltest zur Höhle zurückkommen. Sie werden es nicht wagen, etwas zu versuchen, wenn ich und meine Brüder an deiner Seite sind.

Ich habe etwas anderes im Sinn. Wenn Caden denkt, er sei der Einzige mit Assen im Ärmel, wird er gleich überrascht sein.

Mina verließ die Taverne und ging zügig in Richtung Schloss. Als sie in eine andere Straße einbog, sah sie beiläufig hinter sich und entdeckte die beiden Draman aus der Taverne. Gedrith hatte Recht, sie *wurde* verfolgt. Die Kreaturen hielten Abstand, und Mina beschloss, dass sie nicht in Gefahr war.

Sie erreichte die Mauern, die das Schloss von der Stadt trennten, und wanderte am Umfang entlang, auf der Suche nach einem unauffälligen Weg hinüber. Schwer bewaffnete Wachen waren alle paar Meter postiert und beäugten sie misstrauisch, während sie vorbeiging.

Lord D'Lance hat das Schloss geschützt, als wäre es voller Schätze, sagte sie zu Gedrith.

Er hält Drachen und Eier gefangen. Die sind wertvoller als Gold und Edelsteine. Beides gibt ihm mehr Macht, als Geld je kaufen könnte.

Da hast du wohl Recht. Er hat vielleicht keine Angst, die Welt seine Drachen und Draman sehen zu lassen, aber er fürchtet offensichtlich, diejenigen zu verlieren, die er noch nicht für seine Sache gewonnen hat.

Sie wurden nicht gewonnen, sagte Gedrith. *Sie sind gegen ihren Willen gebunden. Ob sie nun im Schloss eingesperrt sind oder nicht, sie sind Gefangene.*

Mina ging die gesamte Länge der Mauer entlang und bog in eine Gasse ein. Es war eine Sackgasse, die sie zu einer zu hohen Mauer zum Klettern führte. Ein Müllhaufen war der einzige Ort, um sich zu verstecken, und sie verzog das Gesicht, als sie sich hastig zwischen dem Unrat verbarg. Sie hielt sich die Nase zu und wartete.

Wenige Augenblicke später kamen die zwei Draman in Sicht. Es verwirrte sie, als sie sie nicht sahen, und sie begannen, in einer anderen Sprache miteinander zu reden. Mina hielt sich vollkommen still und atmete so leise wie möglich. Die Draman begannen zu streiten und stürmten dann aus der Gasse, wobei sie nach rechts abbogen. Mina wartete noch einen Moment, bevor sie aus dem Müll kletterte. Sie rannte zum Ende der Gasse und spähte um die Ecke. Die Draman stritten immer noch.

Sie folgte ihnen, duckte sich in Türeingänge oder mischte sich unter die Menge, um zu verhindern, dass sie sie sahen. Sie kehrten zur Taverne von vorhin zurück, und Mina suchte nach den nächsten menschlichen Wachen. Eine Gruppe von ihnen marschierte die Straße entlang, und sie fing sie ab.

»Oh, Avera sei Dank, dass ihr hier seid! Da sind zwei von diesen Kreaturen in der Taverne.«

»Die Draman sind offizielle Wachen in Lord D'Lances Armee«, sagte einer von ihnen abweisend, aber der Ausdruck auf seinem Gesicht verriet Mina, dass er nicht glücklich darüber war.

»Das sind keine Männer von Lord D'Lance, mein Herr. Es sind Überläufer.«

Das erregte die Aufmerksamkeit aller Soldaten.

»Woher wisst Ihr das?«

»Ich habe gehört, wie sie planten, Lord D'Lance zu schaden.«

»Ihr sagtet, es wären zwei?«

»Ja, mein Herr. Sie sind auch mit Schwertern bewaffnet.«

Der Mann sah seine Kameraden an und nickte in Richtung der Taverne. Sie lösten ihre Formation auf und gingen auf das Gebäude zu.

»Wir werden uns um sie kümmern«, sagte der Soldat.

Mina beobachtete, wie sie sich auf den Ort zubewegten und hineinstürmten. Drinnen brach ein Tumult aus, und die zwei Draman wurden gewaltsam hinausgeführt. Sie wurden in Ketten gelegt, und die Soldaten marschierten mit ihnen zum Schloss. Mina lächelte. Sie konnte Cadens Spiel den ganzen Tag spielen, und sie würde gewinnen. Er mochte zwar eine Armee bei sich haben, aber er konnte sie nicht offen hinter ihr hermarschieren lassen. Er steckte in den Schatten fest, während sie frei herumlaufen konnte.

Das war clever, kicherte Gedrith.

Ich habe vieles gelernt, während ich Lord Klodian diente, unter anderem, wie man kleinlich sein kann. Caden weiß nicht, worauf er sich da einlässt.

Sei vorsichtig, dass der Geschmack des Hasses dich nicht blind macht. Manche

Grenzen können nie wieder überschritten werden.

Ich bin nicht blind, antwortete sie. *Ich erteile ihm eine Lektion. Nur weil er Macht gewonnen hat, heißt das nicht, dass er damit machen kann, was er will.*

Lireth wird ihn in den Wahnsinn treiben. Vielleicht tut sie das schon. Es würde mich nicht überraschen, wenn er versucht, dich zu töten.

Mina runzelte die Stirn. Sie wollte nichts mit Caden zu tun haben, aber das bedeutete nicht, dass sie wollte, dass er stirbt. Wenn Lireth seinen Verstand so verdrehte, dass er versuchte, sie zu töten, würde sie in der Lage sein, ihn aufzuhalten? Und wenn nicht, hätte sie die Kraft, ihn zuerst zu töten? Sie war sich nicht so sicher.

Hoffentlich wird es nicht so weit kommen, sagte sie.

Wenn er sie nicht verlässt, ist ein Kampf zwischen euch beiden unvermeidlich. Du bist die Championin der Enklave, und er ist ihre. Sobald Lord D'Lance tot ist, zweifle ich nicht daran, dass es Krieg unter den Drachen geben wird.

Solange dieser Krieg nicht auf die Menschheit übergreift, sollen sie kämpfen.

Es gibt kein 'sie' mehr. Wenn es Krieg gibt, wirst du involviert sein.

Mina gefiel die Vorstellung nicht, mitten in einem Krieg mit Menschen zu stehen, geschweige denn mit Drachen. Wenn Caden seine Meinung nicht änderte und einen Weg fand, seine Verbindung zu Lireth zu kappen, dann wusste sie tief in ihrem Inneren, dass sie am Ende gegeneinander kämpfen würden.

Und das machte ihr mehr Angst als alles andere.

12

Caden biss die Zähne zusammen, um die aufsteigende Angst zu unterdrücken. Lireth stürzte sich auf den Feind, ihre Krallen kratzten über die Schuppen des Drachen. Rohe Wut erfüllte Cadens Geist, und er wusste, dass sie von Lireth kam. Ihre Rage war überwältigend und machte ihn schwindelig. Er verstärkte seinen Griff um sie und versuchte, eine mentale Barriere aufzubauen.

Feuer. Tod. Zorn.

Bilder und Emotionen wirbelten chaotisch vor seinen Augen, real und doch eingebildet. Eine ferne Erinnerung blitzte kurz auf, eine Szene von kämpfenden Drachen. Genauso schnell wie sie in seinen Geist eingedrungen war, verschwand sie wieder und ließ ihn taumelnd zurück.

Rauch. Leichen. Verwüstung.

Caden nutzte all seine geistigen Fähigkeiten, um die Bilder wegzuschieben. Mit klarem Kopf sah er, dass Lireth den anderen Drachen in ihrer Gewalt hatte. Mit einem mächtigen Hieb riss sie mit ihren Krallen durch die Flügelmembran des Drachen. Das Biest stieß ein Schmerzensgebrüll aus und stürzte zu Boden. Caden wandte den Blick ab.

Verräter werden zum Tode verurteilt.

Selbst wenn sie dazu gezwungen wurden? Caden stellte die Frage, ohne zu wissen, ob Lireth ihn hören würde.

Du hast gelernt, von selbst gedanklich zu sprechen. Ich bin beeindruckt. Unabhängig davon, ob Lord D'Lance die Verbindung erzwungen hat oder nicht, sind sie von ihm verdorben und können nicht vertraut werden. Sie sind nicht geeignet, sich uns anzuschließen, bis er tot ist.

Wenn er stirbt, werden die Verbindungen zerstört?

Ja. Seine Magie wird mit ihm sterben.
Gut.

Es gibt noch ein paar Drachen auf Patrouille, die wir beseitigen müssen, und dann starten wir unseren Angriff.

Caden versteifte sich. Wir sind nicht bereit. Unsere Draman sind immer noch in der

Unterzahl, ganz zu schweigen davon, dass wir nicht genug Vorräte haben.

Meine Brüder und ich werden den Großteil der Arbeit erledigen. Du und die Draman werdet die Stadt betreten, nachdem wir sie verwüstet haben. Ihr werdet euch zuerst auf die Soldaten konzentrieren, dann können die Übrigen getötet werden.

Die Übrigen?

Jeder, der unter Lord D'Lances Banner lebt, unterliegt ebenfalls seiner Bestrafung.

Aber ... was, wenn sie unschuldig sind?

Kein Mensch ist unschuldig. Dies soll eine dauerhafte Lektion für jeden sein, der daran denkt, Drachen zu schaden und zu kontrollieren.

Cadens Gesicht verzog sich besorgt. Wie konnte sie von ihm verlangen, unschuldige Menschen zu töten? Im Hintergrund seines Bewusstseins drängte sich eine Erinnerung in den Vordergrund. Die Nacht, in der er Lord D'Lances potenziellen Attentäter getötet hatte. Hätte er damals gewusst, was er jetzt wusste, hätte er den Mann am Leben gelassen. Lord D'Lance war böse und verdiente sein Schicksal, aber die Menschen, die in Velbridge lebten, waren doch unschuldig, oder?

Vielleicht nicht. Vielleicht waren sie genauso böse wie ihr Lord, aber sie waren besser darin, ihre Gräueltaten zu verbergen. Selbst er hatte manchmal dunkle Gedanken. Er handelte nicht danach, aber das bedeutete nicht, dass andere Menschen sich zurückhielten. Er nahm an, Lireth hatte recht. Diese Menschen mussten bestraft werden. Die Stadt auszulöschen wäre eine harte Lektion, aber eine, die niemals vergessen werden würde.

Na gut, sagte Caden. Unsere Truppen werden auf deinen Befehl bereit sein.

Ich wusste, dass mein Vertrauen in dich gut platziert war.

Lireth drehte nach Westen ab und flog schnell über die Landschaft. Caden hielt sich fest, Aufregung brodelte in ihm. Sein ganzes Leben lang hatte er anderen zeigen wollen, dass man kein Tyrann sein musste, um Ruhm und Reichtum zu haben, und jetzt war er dabei, es zu beweisen. Er würde Lireth helfen, das Böse aus der Dracan-Herrschaft auszumerzen, und die Menschen würden jubeln.

Und wenn nicht, würden auch sie vernichtet werden.

Die nächste Patrouille, auf die sie trafen, war völlig unvorbereitet auf Lireths Wut. Er hatte gedacht, der einsame Drache zuvor wäre eine leichte Beute für seine Meisterin gewesen, *aber sie bewies, dass der Tod dieses Geschöpfs im Vergleich gnädig gewesen war. Die Patrouille bestand aus drei Drachen mit Reitern, und sie fielen ihren Flammen und Krallen mit einer Gewalt zum Opfer, die er noch nie zuvor gesehen hatte. Als ihre Körper vom Himmel fielen und auf den Boden aufschlugen, stürzte sie hinab und zerriss ihre leblosen Formen Glied für Glied.*

Caden schwelgte in der Macht seiner Meisterin. Niemand konnte sie aufhalten. Sie würde ihre Rache an Lord D'Lance bekommen, an der Enklave ... die Welt würde brennen, genau wie sie gesagt hatte. Als sie ins Lager zurückkehrten, waren sie beide mit Blut bedeckt.

Bereite die Draman vor. Sobald die Stadt in Flammen steht und das Schloss fällt, schicke sie hinein.

Wie du befiehlst, antwortete Caden.

Er schritt durch das Lager und rief nach Bast. Der Draman eilte herbei.

»Was ist los? Geht es dir gut?« Er kam schlitternd zum Stehen und schnupperte in der Luft. »Das ist Drachenblut.« Bast blickte an ihm vorbei zu der Stelle, wo Lireth normalerweise verweilte.

»Alles ist in Ordnung, mein Freund. Lireth hat die Patrouillen vom Himmel geräumt, zur

Vorbereitung unseres Angriffs. Sammle die Männer. Wir ziehen in den Krieg.«

»Jetzt?«

»Ja. Sobald Lireth das Schloss zerstört hat, werden wir die Stadt durchkämmen und uns um die anderen kümmern.«

Bast zögerte, nickte aber, seine Reptilienaugen verengten sich zu schmalen Schlitzen. »Ich vertraue darauf, dass sie uns zum Sieg führen wird.«

»Zu ihrer Ehre«, erwiderte Caden.

Er ließ Bast zurück und ging zum Bach im Wald. Der Gestank des Drachenbluts machte ihm übel. Er nahm sich nicht die Mühe, seine Rüstung auszuziehen, als er ins Wasser watete und begann, das Blut abzuwaschen.

Er schöpfte mit den Händen etwas von dem kalten Wasser und brachte es zu seinem Gesicht, sog scharf die Luft ein, als es auf seine Haut spritzte. Er entfernte den größten Teil des Schmutzes, bemühte sich aber nicht, die Rüstung gründlich zu reinigen. Sie würden bald mehr Blut vergießen, und er wollte seine Bemühungen nicht verschwenden. Als er aus dem Bach stieg, wartete Bast auf ihn.

»Wir haben nicht genug Männer«, sagte der Draman.

»Ich weiß, aber unsere Meisterin und die anderen Drachen werden den Großteil der

Verteidigung der Stadt zerstören, sodass wir nicht viel zu bekämpfen haben werden. Wenn Lord D'Lances Soldaten bis zu unserer Ankunft nicht geflohen sind, sind sie entweder Narren oder wahnsinnig.«

Caden wischte sich das Wasser aus den Augen und dem Gesicht und sah Bast direkt an. Nach seinem Verhalten zu urteilen, konnte er erkennen, dass Bast unruhig war.

»Wenn ich nicht zuversichtlich wäre, würde ich das nicht von dir oder von ihnen verlangen. Lireth kann von nichts aufgehalten werden, was Lord D'Lance in seinen Diensten hat.«

»Ich hatte gehofft, dass sich mehr meiner Brüder uns anschließen würden. Meine eigene Art zu töten, fühlt sich ... unmoralisch an. Jeder, der unter dem Einfluss von Lord D'Lances Magie steht, wird bleiben und kämpfen, solange er am Leben ist.«

»Ich verstehe deine Bedenken. Ich habe selbst welche, aber dies ist der richtige Weg. Sobald dieser Tyrann tot ist, wird die Welt besser dran sein. Wenn es einfach wäre, sich gegen Ungerechtigkeit zu stellen, würde es jeder tun.«

Bast seufzte. »Ich weiß, dass du uns nicht in die Irre führen würdest, aber der Mensch in mir hat Zweifel. Ich werde unserem Meister vertrauen. Wenn alles gut geht, werden wir endlich etwas Frieden haben.«

»Dies ist nur der erste Schritt zum Frieden. Die Enklave wird als Nächstes fallen.«

»Und was kommt danach?«

Caden zuckte mit den Schultern. »Wir werden dorthin gehen, wo Lireth es wünscht, und tun, was sie befiehlt.«

Bast neigte seinen Kopf und ging schweigend davon. Er hatte zwar nichts gesagt, aber Caden erkannte den Konflikt des Dramans. Er war nicht viel anders als sein eigener, aber während seine Verbindung zu Lireth ihm die Kraft und Weisheit gab, über die Zweifel hinauszusehen, hatte Bast das nicht.

Vielleicht hatte der Draman seine Nützlichkeit überlebt.

13

Mina verbrachte einige Stunden damit, die Burgtore zu beobachten, und konnte nun einen eindeutigen Schichtwechsel unter den Wachen feststellen. Sie wechselten stündlich, aber beim Wechsel warteten die Abgelösten, bis sie ersetzt wurden. Es war präzise und ließ ihr keine Möglichkeit, auf das Burggelände zu gelangen.

Als Mina Hunger verspürte, wurde ihr klar, dass es bereits nach Mittag war. Da sie kein Geld hatte, um Essen zu kaufen, beschloss sie, zur Höhle zurückzukehren und zu sehen, ob sie etwas auftreiben konnte. Während sie durch die Straßen ging, bemerkte sie, dass die Leute zum Himmel schauten und darauf zeigten. Sie verlangsamte ihren Schritt und blickte nach oben. Zunächst sah sie nichts außer ein paar vereinzelten Wolken.

»Sind das Lord D'Lances Luftpatrouillen?«, fragte jemand.

Mina kniff die Augen zusammen und erkannte etwa ein Dutzend Flecken, die stetig größer wurden. Hatte die Enklave mehr Drachen geschickt, um Lord D'Lance zu belästigen? Die Menge der Leute, die stehen blieben um zu starren, wuchs weiter an, und sie spekulierten, was die Formen sein könnten. Als die Sekunden zu Minuten wurden, wurde die Wahrheit klar.

Minas Magen drehte sich, aber es war nicht wegen des Hungers. Die unbekannten Formen waren Drachen, aber sie waren nicht metallisch wie Gedrith und seine Brüder. Es waren chromatische Drachen. Und der, der sie anführte, war der schwarze Koloss, der mit Caden verbunden war. Minas Verstand schrie sie an wegzulaufen, aber ihre Beine waren wie festgefroren. Die Drachenfurcht lag dick in der Luft, und sie sah hilflos zu, wie die Drachen auf Velbridge herabstiegen.

Sie brüllten, ihre Kampfschreie waren so laut, dass sie dachte, sie würde taub werden. Lireth flog über die Menschenmenge hinweg und entfesselte ihr Feuer. Die Flammen badeten die Gebäude entlang der Straße und setzten sie in Brand. Die Hitze versengte ihr Haar und verbrannte ihre Haut. Ein Schrei durchschnitt die Luft, und Mina tat die Person leid, bevor sie merkte, dass es ihr eigener war.

Wo bist du? Gedriths Stimme durchschnitt die Angst und sie sank auf die Knie.

Ich bin noch in Velbridge. Lireth hat gerade angegriffen!

Ich komme, um dich zu holen.

Nein! Selbst mit deinen Brüdern sind wir in der Unterzahl. Ich werde versuchen, aus der Stadt zu kommen.

Wie viele sind bei ihr?

Mina blickte vorsichtig zum Himmel und sah zahlreiche schwarze Drachen, ein paar grüne sowie einen blauen und einen weißen.

Über ein Dutzend, sagte sie.

Sie hat also Verbündete gefunden. Die Stadt wird zerstört sein, bevor die Enklave Hilfe schicken kann. Es liegt an mir und meinen Brüdern.

Sie wird dich töten.

Wenn ich sterbe, um dich zu beschützen, dann habe ich meine Pflicht erfüllt. Geh in die Nähe der Mauern, wenn du nicht aus der Stadt fliehen kannst. Ich bin auf dem Weg.

Mina gab sich keine Mühe, mit ihm zu streiten. Sie kämpfte sich auf die Füße und begann, die Straße entlangzulaufen, in Richtung Süden zum Haupttor. Dichter

Rauch füllte die Luft, brannte in ihren Augen und Lungen. Sie hustete und vergrub ihren Mund in ihrer Armbeuge, um nicht einzuatmen. Die Hitze, die von den brennenden Gebäuden ausging, trieb sie dazu, in eine Seitenstraße abzubiegen, und sie stolperte über einen am Boden liegenden Körper.

Sie fiel und schlug sich die Seite ihres Gesichts hart auf den gepflasterten Steinen. Der Körper, über den sie gestolpert war, war eine Frau, und ein kleines Kind, ein Mädchen, saß in der Nähe, Tränen liefen über ihr Gesicht. Das Mädchen weinte und bewegte ihren Mund, aber Mina konnte sie kaum hören. Sie sprach ein kurzes Gebet zu Avera, dass sie nicht wirklich taub geworden war, und kroch zu dem Kind hinüber.

»Komm mit mir«, sagte sie, unsicher, ob sie schrie oder nicht. Sie streckte ihre Hände aus und das Kind klammerte sich an sie. Mina hielt es fest und stand auf, setzte ihren Weg durch die brennende Stadt fort. Sie ging an weiteren Körpern vorbei, die meisten von ihnen verkohlt, und fand schließlich zurück zur Hauptstraße.

Kleine Gruppen von Menschen hatten sich versammelt und versuchten, die Flammen zu bekämpfen, aber Mina hielt ihr Unterfangen für hoffnungslos. Wenn Lireth und die anderen nicht vertrieben würden, würde nach ihrem Amoklauf nichts übrig bleiben.

Ein ergrauter alter Mann sammelte die Hilflosen um sich, und Mina änderte ihre Richtung zu ihm und übergab das Kind. Sie konnte sich nicht um das Mädchen kümmern, selbst wenn sie es wollte. Mit dem Kind so sicher wie möglich, sprintete sie zum Haupttor. Eine übermäßig große Anzahl von Menschen, die vor der Verwüstung flohen, blockierte den Ausweg, und sie drängten und schoben sich alle gegeneinander.

Ich bin in der Nähe der Tore, aber ich komme nicht raus, sagte Mina.

Der Rauch über ihr wirbelte und lichtete sich, um Gedrith zu enthüllen. Er landete auf der Mauer, seine hinteren Klauen schnappten in den Stein, um das Gleichgewicht zu halten. Sein Kopf drehte sich hin und her, enorme Augen scannten den Himmel über der Stadt.

Mina entdeckte Treppen, die zur Spitze der Mauer führten, und rannte zu ihnen, nahm immer zwei Stufen auf einmal. Sie kletterte hastig auf Gedriths Rücken und blickte über Velbridge. Ein Dunst aus Rauch verbarg den größten Teil der Stadtlandschaft, aber sie konnte Lireth und ihre Schergen deutlich sehen, wie sie weitere Teile der Stadt in Brand setzten. Die Flammen hatten das Schloss noch nicht erreicht.

Wir müssen Hilfe holen.

Dafür ist keine Zeit, erwiderte Gedrith.

Gibt es keine Möglichkeit, der Enklave Bescheid zu geben?

Ich kann einen meiner silbernen Brüder schicken, aber selbst mit ihrer Geschwindigkeit wird es zu spät sein, bevor Hilfe eintrifft. Der größte Teil der Stadt brennt bereits jetzt.

Ich mache mir weniger Sorgen um die Stadt und mehr um die Menschen, ganz zu schweigen von Lord D'Lance. Warum ist er nicht herausgekommen, um gegen Lireth zu kämpfen? Wo sind seine Drachen?

Vielleicht hat er nicht so viele, wie wir dachten.

Als ob diese Aussage widerlegt werden sollte, erklang in der Ferne ein Horn. Einen Moment später füllten weitere Drachen die Luft und eine Schlacht brach aus.

Wir sollten den Menschen helfen, in Sicherheit zu kommen, sagte Mina.

Nein, wir sollten uns dem Kampf anschließen. Wenn meine Brüder und ich Glück haben, können wir Lord D'Lance und Lireth gleichzeitig töten.

Mina blickte von den Drachen zur Stadt. Sie wusste nicht, was sie tun sollte. Beide Optionen bargen ihre eigenen Risiken, aber sie sah nicht, wie sie wirklich gegen die anderen Drachen helfen könnte.

Du bist meine Reiterin, und dein Platz ist bei mir, sagte Gedrith. *Du musst aufhören, an dir zu zweifeln, und lernen, mir zu vertrauen.*

Er hatte Recht. Das wusste sie, aber sie hatte immer noch ihre Vorbehalte.

Na gut, antwortete sie. *Lass uns das beenden.*

Sie zog ihr Schwert und er sprang in die Luft, der Wind seiner Flügel trieb den Rauch in alle Richtungen. Hier und da erhaschte sie einen Blick auf verwüstete Teile der Stadt. Es brach ihr das Herz, so viele Leichen auf den Straßen zu sehen. Die drei silbernen Drachen, die die Enklave geschickt hatte, schlossen sich ihnen an und bildeten eine Pfeilformation vor ihnen.

Meine Brüder werden Lord D'Lance angreifen.

Und was ist mit uns?

Wir werden uns um Lireth kümmern.

Als sie sich dem Kampf näherten, sah Mina, dass Caden nicht bei Lireth war. Tatsächlich hatte keiner von Lireths Drachen Reiter.

Warte. Irgendetwas stimmt nicht.

Was ist los?

Wenn Caden nicht bei Lireth ist, wo ist er dann?

Sie suchte den Boden ab und fand ihre Antwort. Er war am Boden und führte eine Truppe von Draman zur Stadt.

14

Caden stand mit Bast vor ihrer Truppe von Draman und beobachtete, wie Lireth und ihre Brüder in Velbridge Zerstörung anrichteten. Flammen schlugen über die Mauern, und wallender Rauch stieg in den Himmel über der Stadt auf und bildete eine riesige graue Wolke.

»Jetzt?«, fragte Bast.

»Noch nicht.«

Er wartete darauf, dass Lireth den Befehl gab, aber es beunruhigte ihn, dass sie zu sehr von ihren Emotionen eingenommen war. Gewalttätige Freude erfüllte seinen Geist durch ihre Verbindung, und seine Haut kribbelte von der schieren Macht, die sie zeigte. Feuerströme verließen ihr Maul und verbrannten alles unter ihr, einschließlich Teile der Steinmauer.

»Unsere Meisterin wird nichts stehen lassen«, sagte Bast. »Dieser Ort wird für Zeitalter ein Zeichen ihrer Rache sein.«

Caden zweifelte nicht daran, aber er zweifelte an Basts Loyalität, besonders nach ihrem letzten Gespräch. Er schielte zu dem Draman hinüber, während er überlegte, wie er mit ihm umgehen sollte. Viele ihrer Streitkräfte würden wahrscheinlich in der Stadt umkommen, und er könnte das als Rechtfertigung für Basts Abwesenheit nutzen. Lireth war so in ihre Rache vertieft, dass er bezweifelte, dass sie seine Gedanken las.

»Es ist Zeit«, sagte Caden laut. »Zur Stadt!«

Ein Jubel ertönte von den Draman hinter ihm, und sie begannen ihren Marsch in Richtung Velbridge. Caden marschierte schnell und führte den Angriff auf die Mauern an. Eine Hitzewelle traf ihn, bevor er hundert Fuß entfernt war. Er hielt an und taumelte zurück, aber die Draman setzten ihren Weg fort, unbeeindruckt von der drastischen Temperatur. Bast trieb seine Gefährten voran, blieb aber bei Caden.

»Geht es dir gut?«

»Die Hitze ist ein bisschen zu viel für mich.«

»Ich dachte, deine Rüstung schützt vor der Hitze des Drachenfeuers?«

Caden beobachtete, wie die Draman vor ihnen weitergingen, ohne zu bemerken, dass ihre Anführer nun am Ende standen. Er griff nach dem Griff seines Schwertes und zögerte. Was, wenn Bast nicht illoyal war? Was, wenn Caden die Worte des Draman falsch eingeschätzt hatte? Wenn das der Fall wäre, wäre es falsch, ihn zu töten.

Und doch ... wenn er Recht hatte, würde er Lireth schützen und Uneinigkeit stoppen, bevor sie sich auf die anderen ausbreiten konnte.

»Was ist los?« Bast starrte ihm in die Augen.

»Es tut mir leid, Freund.«

Caden zog seine Klinge und stieß nach vorne, wobei er die Spitze des Schwertes auf die verwundbare fleischige Stelle am Hals des Draman richtete, die nicht durch Rüstung geschützt war. Bast bewegte sich mit einer Schnelligkeit, die ihn überraschte, und der Draman brachte seine eigene Klinge nach oben und schlug Cadens Schlag mit einem Klirren zur Seite.

»Was tust du da?«, zischte er.

»Du hast dein Vertrauen in unsere Meisterin verloren«, antwortete Caden und kreiste nach links. Bast spiegelte seine Schritte nach rechts.

»Ich habe ihr einen Eid geschworen. Ich würde nie mein Wort brechen.«

»Woher soll ich das wissen? Du hast ihre Entscheidung, zu den Langen Sanden zu marschieren, in Frage gestellt. Wenn du ihr loyal wärst, hättest du das nicht getan.«

»Bah! Du bist von etwas geblendet, aber ich weiß nicht wovon. Nur weil ich etwas hinterfrage, heißt das nicht, dass ich meinen Eid gebrochen habe. Lireth hat mich gerettet. Sie hat uns alle gerettet.«

»Sie hat mich vor dem Tod gerettet«, sagte Caden. »Ich sehe klarer als du, wie es scheint. Ich würde sie nie in Frage stellen.«

»Wir marschieren zum Sieg, und du greifst mich grundlos an. Bitte, lass uns Frieden schließen und gemeinsam als Waffenbrüder kämpfen.«

Caden wusste, dass der Draman versuchte, ihn zu täuschen. Er stürzte vor und stieß mit seiner Klinge zu. Wieder blockte Bast den Schlag ab und wich aus Cadens Reichweite zurück, anstatt selbst anzugreifen. Der Draman war clever, aber Caden würde sich nicht täuschen lassen. Er ging in die Offensive, schlug und stach zu. Bast war ihm ebenbürtig, wenn nicht sogar überlegen, und der Draman wehrte jeden Schlag ab, wobei er zurückwich, anstatt zu kämpfen.

»Kämpf zurück, du Feigling!«

»Du bist wahnsinnig«, sagte Bast, seine reptilienartigen Pupillen waren nichts weiter als Schlitze. »Hör auf mit diesem Unsinn, bevor ...«

»Bevor was?«, forderte Caden.

»Bevor einer von uns vorzeitig stirbt. Unsere Meisterin wird nicht erfreut sein, egal wer fällt.«

»Sie wird froh sein zu wissen, dass ich einen Verräter beseitigt habe, wenn du tot bist.« Caden konnte spüren, wie sein Zorn wuchs. Der Draman spielte den Dummen, versuchte ihn dazu zu bringen, seine Deckung zu senken. Er weigerte sich zu glauben, dass Bast immer noch ein loyaler Diener ihrer Meisterin war. Bast blickte an ihm vorbei in den Himmel, und sein Gesichtsausdruck verhärtete sich.

»Der Feind kommt!«

Caden knurrte und schwang sein Schwert gegen den Draman. Bast sprang rückwärts aus der Reichweite und Caden stolperte durch seinen Schwung, erholte sich aber schnell. Etwas Großes und Schweres schlug hinter ihm auf dem Boden auf, aber bevor er sich umdrehen konnte, wurde er niedergeschlagen. Bast drehte sich um und floh.

»Deine Meisterin hat unschuldige Menschen getötet!«

Es überraschte ihn, ihre Stimme zu hören. Er hatte ehrlich geglaubt, er würde sie nie wiedersehen. Oder vielleicht hatte er es gehofft, denn das würde bedeuten, dass er sie töten müsste. Caden brüllte vor Wut und kam auf die Füße, ergriff seine Klinge und wirbelte herum, um ihr gegenüberzutreten.

Mina hatte ihr Schwert gezogen, und er konnte die Wut in ihren Augen sehen. *Gut*, dachte er. Es würde seine Aufgabe erleichtern, wenn sie ihn bekämpfen wollte.

»Es gibt immer Opfer im Krieg. Das weiß jeder.«

Mina zeigte auf die Stadt. »Schau dir das an und sag mir, dass es nicht falsch ist.«

Caden hielt seinen Blick auf sie gerichtet, was sie nur noch mehr zu erzürnen schien.

»Schau es dir an!«, schrie sie.

Er blickte kurz zur Seite.

»Was willst du von mir, Mina? Willst du, dass ich sie verrate? Sie hat mein Leben gerettet. Ich stehe in ihrer Schuld, und ich werde sie bis zu meinem Tod ehren.«

Minas Kiefer verhärtete sich und er wusste, dass nur einer von ihnen lebendig aus diesem Kampf hervorgehen würde. Er umfasste den Griff seines Schwertes fest und hob die Klinge.

»Nein!«, schrie Mina. »Ich werde ihn selbst töten!«

Caden nahm an, dass sie mit ihrem Drachen sprach. Das kupferne Biest ragte hinter ihr auf, sein Körper ebenso sehnig und muskulös wie der von Lireth. Drachenfurcht zerrte an ihm, aber er kanalisierte die Stärke seiner Meisterin, um sie wegzuschieben.

»Versuch es, wenn du denkst, du kannst es«, sagte er.

Mina stürzte auf ihn zu und schwang ihr Schwert wild. Sie hatte einiges Geschick, was ihn beeindruckte, aber ihre Bewegungen zeigten, dass sie immer noch eine Anfängerin war. Caden parierte ihre Schläge und trat näher heran, als er eine offensichtliche Lücke in ihrer Verteidigung entdeckte. Er fuhr mit seiner Klinge über ihren Unterarm und schnitt die Haut auf. Sie schrie vor Schmerz auf und zog sich zurück, fluchend.

Schuldgefühle überfielen ihn. Er war geübter mit dem Schwert als sie, und es war klar, dass er gewinnen würde. Doch sein Meister hatte ihm befohlen, sie zu töten, wenn er sie wiedersähe. Er war hin- und hergerissen, seine Pflicht kämpfte mit seinen Gefühlen. Warum musste sie nur in die Angelegenheiten von Lireths Feinden verwickelt sein?

Töte sie.

Lireth war in seinem Kopf präsent, und ihre Worte zwangen ihn. Er griff sie wild an, ihre schwachen Versuche, seine Schläge zu blocken, schürten seinen Wunsch, sie sterben zu sehen. Oder war es sein Wunsch? Es war schwer zu unterscheiden, wo er aufhörte und Lireth begann, aber er nahm an, dass es an ihrer Verbindung lag.

Ihr Drache ist hier. Wenn ich sie töte, wird er mich töten.

Nicht, wenn ich ihn zuerst töte.

Lireth brüllte, und alle Augen wandten sich ihrem Näherkommen zu.

15

Runter!

Mina fiel auf die Knie und Gedrith wickelte seinen Körper um sie, schützte sie mit seinen Flügeln, als Lireth zwischen ihnen landete und Feuer in ihre Richtung spie. Mina kniff die Augen zusammen und erwartete, bei lebendigem Leib verbrannt zu werden. Als der Tod sie nicht ereilte, öffnete sie vorsichtig die Augen und sah, dass Gedriths Körper unversehrt war.

Wenn ich meine Flügel öffne, spring so schnell wie möglich auf meinen Rücken.

Ich bin bereit. Mina ging in die Hocke und steckte ihr Schwert in die Scheide.

Gedrith entfaltete seine Flügel und sie stand auf, wagte einen Blick auf Lireth. Caden saß auf ihrem Rücken und sie sprang in die Luft. Mina kletterte hastig auf Gedriths Schulter und hatte sich kaum gesetzt, als er in die Luft schoss. Sie jagten Lireth hinterher, flogen über die Stadt und in den Rauch hinein.

Mina verlor den schwarzen Drachen im Dunst aus den Augen, aber Gedrith drehte zuversichtlich nach links und rechts, und sie nahm an, dass er besser sehen konnte als sie. Er stürzte hinab und Lireths Schwanz sauste an ihrem Kopf vorbei.

Festhalten!

Mina umklammerte Gedriths Hals fest. Er richtete sich auf und flog höher und höher, bis sie über den dicken Rauch hinausbrachen, der die Stadt verdunkelte. Lireth war ebenfalls dort und kam direkt auf sie zu.

Gedrith breitete seine Flügel weit aus, fing den Wind ein und streckte seine Hinterkrallen aus, um Lireth zu packen. Sie spiegelte das Manöver und die beiden Drachen verkeilten ihre Krallen ineinander, drehten sich im Kreis und fielen Richtung Boden. Die Kraft ihrer Drehungen war so stark, dass Mina den Halt verlor und nach hinten wegflog.

Obwohl sie schon einmal gefallen war, war das Gefühl der schieren Angst, das sie umhüllte, nichts, woran sie sich je gewöhnen könnte. Ihr Magen drehte sich und sie schrie, wedelte wild mit den Armen. Während sie fiel, beobachtete sie, wie Gedrith und Lireth sich gegenseitig kratzten und schnappten, während sie sich weiter drehten.

Mina war sich sicher, dass Gedrith sich befreien und zu ihrer Rettung kommen würde, aber diese Annahme wurde gewaltsam beiseitegeschoben, als ihr Fall von den Überresten eines Händlerkarrens gebremst wurde. Er brach unter ihr zusammen und sie keuchte vor Überraschung und Qual, als Schmerz durch jeden Zentimeter ihres Körpers schoss.

Sie lag für einen langen Moment regungslos da, aus Angst, dass sie, wenn sie versuchte aufzustehen, entdecken würde, dass sie sich einige Knochen gebrochen hatte. Den Atem anhaltend, setzte sie sich auf und war erstaunt festzustellen, dass sie bis auf einige Schnittwunden unverletzt war. Sie schaute nach oben, um zu sehen, ob die beiden Drachen noch kämpften, aber der Rauch war jetzt dichter als zuvor.

Ich lebe noch, murmelte Mina, als sie aus den Trümmern kletterte und ihre Umgebung musterte. Sie befand sich auf einer Straße voller Händlerkarren und Wagen, alle geschwärzt und einige noch brennend. In der Ferne hallten Stimmen von den verkohlten

Gebäuden wider, aber sie sah niemanden in der Nähe.

Ohne eine klare Vorstellung davon, was sie tun sollte, ging sie in Richtung der Stimmen. Die intensive Hitze hatte ein wenig nachgelassen, aber der Rauch erstickte sie immer noch und brannte in ihren Augen. Sie blinzelte schnell und bog in eine Seitenstraße ein. Die Stimmen waren jetzt lauter, und sie wusste, dass sie auf dem richtigen Weg war. Die Straße weitete sich zu einem offenen, geräumigen Platz und sie sah die Quelle der Stimmen.

Eine große Truppe von Draman. Sie kamen aus einem der Gebäude, und zwei von ihnen schleiften einen leblosen Körper hinter sich her. Sie hielten inne, als sie sie sahen, und Mina erstarrte.

»Keine Gefangenen!«, rief einer von ihnen.

Die anderen schrien vor Aufregung und stürmten auf sie zu. Mina drehte sich um und rannte los. Sie war hoffnungslos in der Unterzahl und hatte keinen Zweifel daran, dass sie sie töten würden. Sie zickzackte durch zufällige Straßen und kletterte über Trümmerhaufen in ihrer panischen Flucht.

Gedrith, wo bist du? Ich brauche dich!

Sie konnte seine Präsenz in ihrem Geist spüren, aber er antwortete nicht. Er kämpfte wahrscheinlich immer noch mit Lireth. Mina kam schlitternd zum Stehen, als sie eine Brücke erreichte, die über einen Kanal führte. Der mittlere Teil der Brücke war verschwunden, und die Entfernung zur anderen Seite war zu weit, als dass sie hätte hinüberspringen können.

Mina blickte zurück und sah, dass die Draman sich ihr näherten. Sie verfluchte die Kreaturen und sprang ins Wasser. Ihr Schwert und ihr Kettenhemd zogen sie nach unten, aber sie trat und schwamm so schnell sie konnte, der Strömung des Kanals folgend. Die Draman folgten ihr nicht, und sie trieb dahin, bis sie auf eine seichte Stelle stieß, die eine Plattform für Fischer bot. Sie zog sich aus dem Wasser und ließ sich auf den Rücken fallen, schwer atmend.

Ein Brüllen zerriss die momentane Stille und Mina setzte sich auf. Es klang, als wäre es direkt über ihr. Etwas näherte sich.

Gedrith?

Nichts.

Sie stand auf und hielt die Augen auf die Rauchwolke gerichtet. Einige Momente vergingen, und dann brach einer der silbernen Drachen durch den Dunst und krachte in ein Gebäude. Mina keuchte auf.

Sein Hals war in einem seltsamen Winkel verdreht, und er war offensichtlich tot.

Gedrith!

Ich bin hier, antwortete er.

Gott sei Dank! Ist Lireth tot?

Nein. Lord D'Lance hat sich auf einem Drachen dem Kampf angeschlossen und sie ist ihm gefolgt. Wo bist du?

Ich bin mir nicht sicher. Es gibt einen Kanal, und einer deiner Brüder ist tot.

Ich habe gesehen, wie er fiel, sagte Gedrith traurig. *Ich konnte ihn nicht rechtzeitig erreichen, um zu helfen. Bleib, wo du bist.*

Das Geräusch von Flügelschlägen kündigte seine Ankunft an und er stieg durch den Rauch hinab, landete mit den Füßen zuerst im Kanal.

Bist du verletzt?

Nein, antwortete Mina. *Nun, nicht ernsthaft. Ich werde morgen sicher blaue Flecken haben. Was ist mit dir?*

Gedrith hob seinen Kopf und enthüllte einige beschädigte Schuppen an seinem Hals. *Mehr Kampfnarben.*

Wo sind deine anderen Brüder?

Sie kämpfen. Wir müssen Lireth ausschalten, aber das wird eine schwierige Aufgabe sein mit Lord D'Lance und seinen Reitern in der Luft.

Vielleicht wird er Lireth töten und uns die Mühe ersparen.

Möglich, aber es wird für ihn nicht einfach sein. Und wenn sie fällt, werden sich ihre Verbündeten zerstreuen. Obwohl ich sie verabscheue, werden ihre Handlungen uns helfen, ihn zu besiegen.

Ist Caden noch bei ihr?

Ja.

Mina nickte. Sie betrachtete den Schnitt an ihrem Arm. Er war nicht tief und die Wunde war verkrustet, aber es stach immer noch, wenn sie ihn bewegte. Caden hatte sie absichtlich verletzt, aber sein Ausdruck danach war einer des Bedauerns gewesen.

Glaubst du, es gibt einen Weg, Lireth zu töten, ohne Caden zu töten?

Vielleicht, sagte Gedrith. *Die Enklave würde Lireth lieber einsperren, aber ich fürchte, dass es unmöglich sein wird, sie ohne Hilfe lebend zu fangen. Wir sind in der Unterzahl und sie wird sich nicht ohne Kampf ergeben.*

Glaubst du, Lord D'Lance wird sie töten, oder denkst du, er wird versuchen, sie in eine Bindung zu zwingen, wie er es mit den anderen getan hat?

Ich weiß es nicht.

Mina kaute nachdenklich auf ihrer Unterlippe. *Ich habe eine Idee, aber ich weiß nicht, ob sie funktionieren wird. Es würde darauf ankommen, dass Lord D'Lance seine Magie einsetzt, und es gibt keine Garantie, dass er das tun wird.*

Was ist es?

Wenn wir Lireths Aufmerksamkeit lange genug auf uns lenken können, damit Lord D'Lance seine Magie an ihr anwenden kann, dann können wir ihn töten und sie gefangen nehmen.

Der einzige Weg, wie dieser Plan funktioniert, ist, wenn Lord D'Lance das tut, was wir wollen. Wie stellen wir sicher, dass er das tut?

Wir bieten ihm etwas an, das er will.

Was ist das?

Caden.

16

Caden hielt sich fest, während Lireth durch den Himmel auf das Schloss zuflog. Lord D'Lance hatte sich in den Kampf gestürzt und eine Schar seiner Reiter mitgebracht. Als Lireth ihn sah, hörte sie sofort auf, gegen Minas Drachen zu kämpfen, und richtete ihre Aufmerksamkeit auf den Dominion-Lord. Caden konnte es ihr nicht verübeln. Auch er hasste Lord D'Lance, und die Gelegenheit, ihn fallen zu sehen, war zu verlockend, um sie verstreichen zu lassen.

Bleib wachsam, sagte Lireth. *Lord D'Lance hat gelernt, dunkle Magie einzusetzen, und er zögert nicht, sie zu benutzen.*

Caden knirschte mit den Zähnen und erinnerte sich daran, wie der Mann versucht hatte, ihn zu töten. *Ich weiß sehr wohl, wozu er fähig ist.*

Lord D'Lance ritt auf dem Rücken eines grünen Drachen. Er stand ohne Halt, als wäre er ein Teil des Drachen selbst, und trug eine schwarze Plattenrüstung, die ihn vom Hals abwärts bedeckte. Er trug keinen Helm, und sein langes schwarzes Haar peitschte frei hinter ihm her. Wenn sein Haar sich nicht bewegt hätte, hätte Caden ihn für nichts weiter als eine Statue gehalten.

Lireth brüllte herausfordernd und schlug ihre Flügel härter, um an Tempo zuzulegen. Caden zog sein Schwert, obwohl er nichts damit erreichen konnte, und beobachtete, wie sich der Abstand zwischen ihnen verringerte. Der grüne Drache stieß sein eigenes Gebrüll aus, und eine quellende Wolke gelben Gases strömte aus seinem Maul. Lireth neigte sich nach links und schlug mit ihrem rechten Flügel, wodurch die Wolke zurück auf Lord D'Lance gelenkt wurde. Das gelbe Gas umhüllte eine unsichtbare Barriere, die den Dominion-Lord umgab, und der Wind blies es fort.

Was ist das für ein Zeug?

Giftgas, antwortete Lireth. *Es verbrennt dein Fleisch, wenn es dich berührt.*

Und ich dachte, Feuer wäre schlimm.

Lireth kreiste zum Heck des Drachen, aber ein anderer Reiter kam ihr in die Quere. Lireth flog nach oben und traf den Drachen des Reiters mit ihrem dicken Schwanz am Kopf. Der Schlag riss den Kopf des Drachen zur Seite, und er geriet außer Kontrolle. Als sie sich wieder Lord D'Lance zuwandte, war sein Drache über ihr. Er packte Lireths Hörner und riss heftig daran. Ihr Hals wölbte sich, und Caden fiel nach hinten, wobei er hart auf ihren Schuppen aufschlug. Er hustete und zwang sich, sich aufzusetzen, dann stieß er mit seinem Schwert nach dem Drachen. Er verschätzte sich bei der Entfernung, und das Schwert stach nur in die Luft.

Lord D'Lance blickte auf ihn herab und starrte ihn finster an. Seine Hände bewegten sich in seltsamen Mustern, und sein Mund formte stumme Worte. Die Luft flimmerte kurz, und dann begannen Blitze zwischen seinen Fingern zu zucken. Bevor er etwas mit der Magie anstellen konnte, befreite Lireth ihren Kopf und zog ihre Flügel ein, wodurch sie ein paar Meter im freien Fall abstürzte. Sie entfaltete sie wieder und fing die Luft auf, drehte sich ein paar Mal, bevor sie wieder auf den grünen Drachen zuschoss.

Sie krachte mit voller Wucht in das Biest und benutzte ihre Vorderkrallen, um sich an der Kehle des Drachen festzukrallen. Blut bespritzte sowohl Lireth als auch Caden, als Schuppen und Fleisch weggerissen wurden. Lireth schnappte mit ihren Kiefern nach der Wunde des Drachen und ruckte ihren Kopf hin und her, wodurch das Fleisch weiter zerrissen wurde. Der grüne Drache gurgelte einen qualvollen Schrei, und seine Flügel erschlafften.

Pass auf! warnte Caden.

Lord D'Lance entfesselte seinen Zauber. Mehrere Blitze zuckten aus seinen Händen hervor, die alle Lireth trafen. Ihr Körper zuckte, als die Geschosse sie trafen, aber sie gab keinen Laut von sich. Das beeindruckte Caden. Lireth löste ihr Maul von dem grünen Drachen und flog rückwärts. Der Drache stürzte zu Boden, Lord D'Lance noch immer auf seinem Rücken. Lireth stürzte sich hinterher und folgte dem toten Biest.

Lord D'Lance sprang durch die Luft, bevor der Drache mit einem donnernden Krachen auf dem Boden aufschlug, und landete unverletzt auf den Trümmern eines Gebäudes. Lireth öffnete ihr Maul und entfesselte einen Strom aus Flammen, aber sie zischten aus der Existenz, als sie auf seine unsichtbare Barriere trafen.

Caden umklammerte den Griff seiner Klinge und bereitete sich darauf vor, den Kampf auf den Boden zu verlagern. Als er seine Beine bewegte, um hinunterzuspringen, huschte ein Schatten über ihn hinweg. Er blickte gerade noch rechtzeitig auf, um Mina zu sehen, die an der Klaue ihres Drachen hing, ihr rechter Fuß ausgestreckt. Er traf ihn an der Seite seines Kopfes, und Schmerz explodierte von seiner Braue bis zu seinem Nacken. Die Wucht stieß ihn von Lireths Rücken, und er fiel ein paar Meter, bevor er mit dem Gesicht voran auf den Trümmern zu Lord D'Lances Füßen aufschlug.

Er keuchte und versuchte, wieder zu Atem zu kommen. Er hörte Lireth brüllen und die

Geräusche des Kampfes, aber sie klangen schwach, als wären sie weit weg. Jemand drehte ihn um, und die Dunkelheit, die ihn zu verschlingen drohte, wurde in Schach gehalten.

Lord D'Lance blickte ihm in die Augen.

»Du hast mich mehr geärgert als die meisten«, sagte er leise.

Über ihnen kämpften Lireth und Minas Drache, aber er konnte Mina nirgends sehen. Luft füllte seine Lungen, und er wurde sich langsam bewusst, dass sich die Dinge zum Schlechteren gewendet hatten. Sein Körper erschlaffte, als seine Kraft ihn plötzlich verließ. Er hatte Lord D'Lances Rune völlig vergessen.

»Was hast du dir erhofft, Caden? Dachtest du, du könntest mich besiegen? Du bist nichts weiter als eine Kakerlake, die unter meine Stiefel gehört. Du hast meine Stadt für nichts zerstört. Jetzt werde ich deinen Drachen zerstören und dich dabei zusehen lassen.«

»Du kannst sie nicht töten«, flüsterte Caden heiser. »Sie ist stärker als du.«

»Wer hat gesagt, dass ich sie töten werde? Es gibt mehr als einen Weg, einen Drachen zu zerstören.«

Lord D'Lance packte Cadens Gesicht, seine Finger hart wie Stahl.

»Du willst das nicht verpassen.«

Mit seiner anderen Hand zeigte Lord D'Lance auf Lireth und begann, Worte zu murmeln, die Cadens Haut kribbeln ließen. Er versuchte, seinen Arm zu heben, um den Dominion-Lord zu schlagen, aber seine Muskeln gehorchten ihm nicht. Hilflos musste er zusehen, wie Lireth langsam von Lord D'Lances Magie umgarnt wurde. Wispernde weiße Ranken streckten sich von seiner Hand in den Himmel und wickelten sich um Lireths Körper. Als die Ranken sie berührten, wurden ihre Bewegungen träge. Caden konnte spüren, wie ihre Kraft durch ihn hindurch und in den Dominion-Lord floss.

Eine Gruppe von Lord D'Lances Drachenreitern traf ein und zwang Minas Drachen zum Rückzug. Er floh und verschwand im Rauch über der noch immer brennenden Stadt. Lord D'Lance ballte seine Hand zur Faust und Lireth begann zu sinken.

Sie brüllte und wehrte sich gegen die Magie, aber es half nichts. Lord D'Lance erwies sich als der Mächtigere von beiden.

Cadens Augen tränten. Er wusste nicht, was Lord D'Lance mit ihr vorhatte, aber er wusste, dass es nichts Gutes war. Sein eigener Körper verweigerte ihm den Gehorsam und ließ ihn unfähig zurück, seiner Herrin zu helfen. Wer wusste schon, wo Bast war, und die Draman plünderten wahrscheinlich die Stadt. Wo waren Lireths Brüder und Schwestern? Waren sie alle gestorben? Ihr Plan schien narrensicher, aber er zerschellte wie zerbrechendes Glas vor seinen Augen.

Wenn er doch nur etwas tun könnte oder jemanden hätte, der helfen könnte. Aber das gab es nicht. Es war niemand da, und er war der Gnade eines wahnsinnigen Tyrannen ausgeliefert.

»Töte mich einfach und bring es hinter dich«, flehte er.

»Dein Schicksal wird nicht so einfach sein«, sagte Lord D'Lance.

Als Lireths Körper den Boden berührte, war sie völlig bewegungsunfähig. Lord

D'Lance ließ Cadens Gesicht los und ging zum Drachen hinüber, vor ihrem Kopf stehend. Er legte eine Hand auf ihre Schnauze.

Das war es. Das war das Ende, und es war ganz anders, als Caden es sich vorgestellt hatte. Etwas fiel ihm ins Auge; ein Hauch von Bewegung zwischen den Trümmern. Bildete er sich das ein, oder war das ...

Mina.

17

Mina kauerte zwischen den Trümmern eines zerstörten Gebäudes. Ihr verrückter Plan hatte größtenteils funktioniert, und nun war Caden Lord D'Lance ausgeliefert. Was sie jedoch nicht erwartet hatte, war, dass der Dominion-Lord in der Lage war, sich gleichzeitig um Caden und Lireth zu kümmern - ganz allein.

Er war mächtiger, als sie gedacht hatte, und nun war ihr Plan etwas aus der Bahn geraten. Anstatt Caden an Lord D'Lance auszuliefern und Lireth herbei eilen zu lassen, um ihn zu retten und dadurch seine Aufmerksamkeit auf sich zu ziehen, hatte er sie beide mit Magie gefesselt.

Das wird nicht funktionieren, teilte sie Gedrith mit.

Warum nicht?

Lord D'Lance hat beide gefangen.

Das ist gut. Es wird uns beide vom Hals schaffen.

Mina blickte auf Cadens reglose Gestalt und konnte ein leichtes Schuldgefühl nicht unterdrücken. Sie wusste, dass er jetzt ihr Feind war, aber das bedeutete nicht, dass sie ihn sterben lassen musste.

Wenn Lord D'Lance stirbt, löst sich dann seine Magie auf?

Ich weiß es nicht, antwortete Gedrith.

Ich habe freie Bahn zu ihm, aber wenn ich ihn töte und seine Zauber enden, verlieren wir vielleicht die Chance, Lireth zu fangen.

Das ist ein Risiko, das wir eingehen müssen. Unser Auftrag war es, Lord D'Lance zu töten.

Ich weiß, aber wer von ihnen ist die größere Bedrohung?

Gedrith antwortete nicht. Sie wusste, dass Lireth mehr Unheil anrichten konnte als Lord D'Lance, aber der Drache war technisch gesehen nicht ihre Verantwortung. Sie ließ ihren Blick zwischen den beiden Feinden hin und her wandern und rang kurz mit sich, bevor sie eine Entscheidung traf.

Sie würde Lord D'Lance töten.

Das Gelächter von Thais und Lord Klodian hallte in ihrem Kopf wider, und ihr wurde klar, dass sie ihn vielleicht gar nicht töten konnte, dass sie vielleicht nicht einmal in seine Nähe kommen würde, bevor er ihrer Existenz ein Ende setzte.

Vertrau deinem Training, sagte Gedrith. *Hör auf, auf deine Zweifel zu hören.*

Er hatte Recht, das wusste sie, aber es war nicht leicht, die Gedanken zu ignorieren. Sie waren stark und überzeugend. Mina umklammerte den Griff ihres Schwertes fester und holte tief Luft.

Mach dich bereit, warnte sie, aber sie sprach auch zu sich selbst. Sie blickte zum Himmel. Gedrith war nirgends zu sehen. Mina tauchte langsam aus den Trümmern auf und achtete sorgsam darauf, wohin sie trat. Lord D'Lance stand vor Lireth, seine Hand auf ihrer Schnauze. Weiße Rauchfäden umschlangen den Drachen und hinderten sie daran, sich zu bewegen. Lireths feuriger Blick war auf den Dominion-Lord gerichtet, aber Mina wusste, dass der Drache sie sah.

Mit jedem Schritt hämmerte Minas Herz lauter in ihren Ohren. Nur noch wenige Schritte entfernt hob sie ihr Schwert über den Kopf und umfasste den Griff mit beiden Händen. Ihr Schlag musste präzise sein, aber ihre Hände zitterten. Sie hatte noch nie jemanden getötet, zumindest nicht mit ihren eigenen Händen.

Beruhige dich.

Mina holte tief Luft und hielt sie an. Ihre Hände wurden ruhiger, und sie stürzte nach vorn, führte die Klinge in einer Abwärtsbewegung und zielte auf Lord D'Lances entblößten Hals. Die Zeit schien sich zu verlangsamen, und sie beobachtete die Spitze der Klinge, wie sie sich näherte.

Ohne sich auch nur umzudrehen, schwang Lord D'Lance seine rechte Hand hinter seinen Kopf und schlug ihr Schwert zur Seite. Ihr Schwung wurde unterbrochen und sie taumelte nach links, wobei ihr Schwert harmlos durch die Luft schnitt. Sie erholte sich schnell und wirbelte herum, um Lord D'Lance gegenüberzustehen. Er wandte ihr seine Aufmerksamkeit zu und lächelte.

»Du bist genauso töricht wie Caden, also musst du eine von seinen sein. Ist dir nicht klar, dass die Kraft eines Drachen durch meine Adern fließt?«

Er bewegte sich so schnell, dass Minas Augen kaum mehr als einen verschwommenen Schemen wahrnahmen, bevor Schmerz in ihrer Brust explodierte. Sie flog mehrere Meter zurück und krachte gegen etwas Hartes. Es dauerte einen Moment, bis sie registrierte, dass es sich um die Überreste einer Steinmauer handelte. Lord D'Lance begann zu lachen, mit einem wahnsinnigen Ausdruck im Gesicht.

Mina biss die Zähne gegen den Schmerz zusammen und stand auf. Lord D'Lance schritt auf sie zu, während Lireth und Caden sich noch immer nicht bewegten. Mina hob ihr Schwert und trat vor, um ihm zu begegnen, aber sie wusste, dass sie ihn nicht besiegen konnte. Er war allein durch seine Magie mächtiger als sie, und jetzt, da er Lireths Kraft besaß, hatte sie jede Hoffnung verloren. Aber sie würde trotzdem kämpfen. Vielleicht hatte ihr Verstand sie verlassen, oder vielleicht war er von Anfang an nie wirklich da gewesen.

Sie stieß ihr Schwert in einem Winkel vor und versuchte erneut, seinen Hals zu treffen, aber er schlug es beiseite. Mina stieß ein zweites Mal zu, mit dem gleichen Ergebnis. Bei ihrem dritten Versuch packte Lord D'Lance die Klinge mit bloßer Hand und knurrte fremdartige Worte. Das Metall ihrer Klinge wurde schlaff und verwandelte sich dann in Flüssigkeit, die auf den Boden spritzte. Minas Augen weiteten sich vor Schock. Sie warf den Griff nach ihm, und er traf seine Brustplatte mit lautem Scheppern, richtete aber keinen Schaden an.

Mina blinzelte, und Lord D'Lance stand direkt vor ihr. Er schlang seine Hand um ihren Hals und drückte zu, würgte sie. Sie keuchte und versuchte, sich aus seinem Griff zu befreien, aber sein Halt war fest.

Hilf mir! schrie sie durch die Verbindung. Sie konnte Gedriths Präsenz spüren, und es war das Einzige, was sie davon abhielt, aufzugeben.

»Ich brauche dich nicht, aber ich will deinen Drachen«, sagte Lord D'Lance. »Sag ihm, er soll zu mir kommen.«

»Nein«, keuchte Mina.

»Du wirst es tun, wenn du leben willst. Ruf ihn her. Jetzt.« Er drückte fester zu.

Ich werde nicht zulassen, dass er dich tötet, erfüllte Gedriths Stimme ihren Geist. Er schickte ihr ein Bild, und sie wusste genau, was zu tun war. Sie konnte das Schlagen seiner Flügel hören, und sie wusste in dem Moment, als er in Sicht kam, denn Lord D'Lances Blick richtete sich zum Himmel. Ihre Kehle war warm und wurde schnell heiß. Mina konnte Gedriths Spiegelbild in Lord D'Lances Augen sehen, und sie klammerte sich an das Bewusstsein, trotz der Schwärze, die sich um sie herum ausbreitete.

Ihre Lippen öffneten sich, und sie flüsterte: »Die Enklave ... lässt ... grüßen.«

Das Brennen in ihrer Kehle überwältigte sie, und sie öffnete den Mund, als wolle sie schreien, aber statt ihres gequälten Schreis spien Flammen hervor. Ein Feuerstrom ergoss sich über Lord D'Lance, und er ließ sie los, schrie und taumelte rückwärts. Der widerliche Geruch von verbranntem Fleisch stach Mina in die Nase, aber die Flammen hielten unvermindert an und hüllten den Dominion-Lord so vollständig ein, dass sie nichts als Feuer sehen konnte.

Schließlich erstarb die Flamme und das Brennen in ihrer Kehle ließ nach. Sie fiel auf die Knie, überwältigt von Schwäche. Lord D'Lance lag am Boden, wand sich und schrie. Er war irgendwie noch am Leben. Mina kroch zu Caden hinüber und nahm sein Schwert, dann stand sie auf und stolperte zu der Stelle, wo Lord D'Lance lag, und stellte sich über ihn. Das Gesicht des Mannes war so stark verbrannt, dass er nicht wiederzuerkennen war.

Ohne zu zögern schwang Mina das Schwert nach unten und trennte seinen Kopf vom Körper, dann wandte sie sich prompt ab und übergab sich. Sie wischte sich mit dem Handrücken über die Lippen und blickte zu Lireth. Die Rauchfäden fesselten den

Drachen immer noch, aber sie wand sich und versuchte, sich zu befreien.

Seine Magie wirkt noch, sagte sie, als Gedrith in der Nähe landete.

Ich sehe das. Es wird unsere Aufgabe erleichtern.

Wirst du sie wirklich zurück zur Enklave bringen? Du könntest sie stattdessen töten. Das würde sicherstellen, dass sie nie wieder eine Bedrohung darstellt.

Obwohl du Recht hast, werde ich sie nicht töten. Sie wird sich vor der Enklave für ihre Verbrechen verantworten und für den Rest ihres Lebens eingesperrt werden. Was willst du mit dem da machen?

Mina drehte sich um und sah Caden an. Einen Moment lang dachte sie, er sei tot, aber dann sah sie, wie sich seine Brust hob und senkte, und erkannte, dass er nur bewusstlos war.

Wenn Lireth so tief in seinem Geist verwurzelt ist, wie ich befürchte, dann müssen wir sie voneinander trennen. Er wird die gleiche Strafe wie seine Herrin erhalten. Gefängnis.

Eine weise Entscheidung. Mit Lireth in der Wüste und Caden hier wird die Entfernung zu groß sein, als dass sie kommunizieren könnten. Es bricht ihre Verbindung nicht, ist aber genauso effektiv.

Wie bringen wir Lireth zur Enklave?

Nur einer meiner Brüder fiel im Kampf, also werden wir sie tragen. Wir müssen uns beeilen, solange ihre Streitkräfte in Unordnung sind, damit ihre Schergen nicht versuchen, sie zu befreien.

Mina nickte und sah dabei immer noch Caden an.

Wohin sollten wir ihn bringen?

Ich kenne einen Ort.

18

Caden öffnete die Augen und wurde sich langsam seiner Umgebung bewusst. Er befand sich in einem schwach beleuchteten Raum mit Steinwänden. Ein eisernes Gitter, eine Zellentür, war geschlossen, und Wandleuchter außerhalb der Zelle erhellten den Raum. Er stöhnte, als er sich aufsetzte und bemerkte, dass er auf dem Boden lag. Seine Handgelenke waren gefesselt, die Ketten mit Ringen im Boden verbunden, und er konnte sich kaum bewegen. Als sein Verstand alles zusammensetzte, wurde ihm klar, dass er nicht allein war.

»Ich fragte mich schon, ob du je aufwachen würdest.«

Es gab keinen Zweifel an ihrer Stimme. Sie war in seinem Kopf so fest verankert wie Lireth.

»Mina«, sagte er. »Wo sind wir? Was ist passiert?«

Sie lehnte an der Wand zu seiner Linken, die Arme vor der Brust verschränkt.

»Du hast verloren«, antwortete sie. »Und Lord D'Lance auch.«

»Hat Lireth ihn getötet?«

Mina lachte verächtlich. »Kaum. Dank deiner Rune konnte Lord D'Lance durch dich auf Lireths Kraft zugreifen. Er hätte mich fast getötet. Wahrscheinlich hätte er es geschafft, wenn Gedrith nicht gewesen wäre.«

»Dein Drache?«

Sie nickte. Caden sah sich im Raum um, aber es gab nicht viel zu sehen. Er konnte Lireths Präsenz in seinem Geist spüren, aber sie war gedämpft, als ob ein dicker Stoff ihre Verbindung bedeckte. Wenn das, was Mina sagte, stimmte, dann war sein Meister besiegt. Er zögerte zu fragen, aber er musste es wissen.

»Wo ist Lireth?«

»Sie wird zur Enklave gebracht, um gerichtet zu werden.«

»Werden sie sie töten?«

»Nein. Gedrith sagt, sie werden sie einsperren. Sie wird in einer unterirdischen Höhle an Altersschwäche sterben.«

Wenigstens lebt sie, dachte Caden. Er hob seine Hände und ließ die Ketten klirren.

»Gibt es eine Chance, dass ich hier rauskomme?«

»Nein.«

»Was ist das für ein Ort?«

»Das ist Lord Culvers Kerker. Ich habe ihm gesagt, Lord Klodian hätte dich wegen Verbrechen gegen den Hohen Prinzen hierher überführt. Du wirst nie wieder Tageslicht sehen.«

Caden verarbeitete ihre Worte stillschweigend. Er war ein Gefangener, und Lireth wurde woanders hingebracht. Wessen grausame Idee war es, sie so weit voneinander zu trennen? Würde er sie aus solcher Entfernung noch spüren können, oder würde ihre Präsenz schrumpfen, bis sie nichts weiter als eine Erinnerung war? Die Ungewissheit machte ihn krank.

»Es tut mir leid, was ich vorher gesagt habe. Ich bin sicher, du bereust es jetzt, Lord Klodian bei der Tötung all dieser Drachen geholfen zu haben, wo du weißt, dass sie keine hirnlosen Tiere sind.«

Mina stieß sich von der Wand ab und kam näher, kniete sich vor ihn hin.

»Wenn du frei wärst und Lireth nicht, würdest du versuchen, ihr zur Flucht zu verhelfen?«

»Wenn du und dein Drache in der gleichen Situation wären, würdest du es tun?«

»Unsere Situationen sind nicht dieselben«, sagte Mina. »Lireth ist böse. Sie hat dich einer Gehirnwäsche unterzogen, damit du ihr blind folgst. Siehst du das nicht?«

Caden lächelte sie an, trotz des Tumults an Emotionen, der in ihm tobte. »Du kennst sie nicht so wie ich. Du denkst, sie ist böse, aber ich weiß, dass sie gütig ist. Sie hat mich gerettet und mir einen Platz unter ihren Draman gegeben. Niemand hat mich je so akzeptiert, wie ich bin, wie sie es getan hat.«

»Ich habe es getan.«

»Das meinte ich nicht.«

»Dann solltest du vielleicht sagen, was du meinst. Du wirst hier drinnen viel Zeit haben, das zu lernen.«

»Dein Drache hat dich verändert. Die Art, wie du dich hältst, wie du sprichst ... du bist nicht mehr das Mädchen, das ich kennengelernt habe.«

»Hättest du es vorgezogen, wenn ich gleich geblieben wäre? Eine unterwürfige Sklavin, die sich immer dem Willen anderer beugt?«

»Nein, niemals das. Ich wünschte nur, die Dinge wären anders zwischen uns verlaufen. Wenn ich dir gesagt hätte, dass ich nicht mehr aus dem Thophat weggehen wollte, hättest du Lord Klodian nie gebeten, mich wegzuschicken. Vielleicht, wenn ich nie gegangen wäre ...«

»Ich habe dir schon einmal gesagt, dass unsere Schicksale vielleicht verwoben, aber nicht vereint sind. Ob du geblieben wärst oder nicht, hätte daran nichts geändert. Avera hatte andere Pläne für mich.«

Caden fand es schwer zu akzeptieren, dass sie das wirklich glaubte, aber er wusste, dass es zwecklos war, darüber zu streiten.

»Also lässt du mich hier und gehst ... wohin? Was wirst du jetzt tun, da Lord D'Lance tot ist?«

»Das geht dich nichts an«, erwiderte Mina. Sie beugte sich näher zu ihm. »Du warst einmal ein guter Mensch. Vielleicht wirst du es wieder sein. Sobald Lireth aus deinem Kopf ist, hoffe ich, dass dein Verstand zurückkehrt. Wenn du einen Weg findest, dich von ihrer Bindung zu lösen, tu es. Das wird der einzige Weg sein, wie du hier rauskommst.«

Caden starrte in ihre blauen Augen und sehnte sich danach, sie zu berühren, aber er wagte es nicht zu versuchen. Sie erwiderte seinen Blick mit gleicher Intensität, aber keiner von ihnen sprach. Schließlich beugte sie sich vor und küsste ihn auf die Lippen. Er schloss die Augen und genoss den Moment, der zu schnell endete. Mina zog sich von ihm zurück und stand auf.

»Leb wohl, Caden.«

Und damit stieß sie die Zellentür auf und ging weg. Ein Wächter trat ins Blickfeld. Er schloss das Gitter und verriegelte es, dann kehrte er auf seinen Posten zurück. Caden seufzte und legte sich wieder auf den Boden, starrte zur Decke. Mina hatte ihm gesagt, er solle seine Bindung zu Lireth beenden, aber das würde er nicht tun. Im Gegenteil, er war entschlossen, sie zu stärken und einen Weg zur Flucht zu finden.

Schritt für Schritt, sagte er sich. *Schritt für Schritt.*

-

Als Mina den Kerker verließ, musste sie sich zwingen, das Flehen ihres Herzens zu ignorieren. Caden war ihr Feind, solange er an Lireth gebunden war, und sie hatte keine Bedenken, ihn einzusperren. Es war zu seinem eigenen Besten genauso wie zur Sicherheit der Welt. Dennoch ließ sie der Gedanke, dass sie ihn vielleicht nie wiedersehen würde, innehalten.

Er hatte gefragt, was ihre Pläne waren, aber sie hatte es ihm nicht gesagt, weil sie nicht wollte, dass er wusste, wo sie war, falls er jemals aus dem Gefängnis entkommen sollte. Jetzt, da der Tyrann Lord D'Lance keine Bedrohung mehr darstellte, war sie frei zu tun, was ihr gefiel. Ihre seltsame Beziehung zu Lord Klodian hatte ein unschönes Ende genommen, also konnte sie nicht in den Thophat zurückkehren, besonders nicht mit einem Drachen.

Vielleicht würde sie zur Enklave zurückkehren und ihre Ausbildung als Reiterin mit Areg fortsetzen. Oder vielleicht auch nicht. Nichts war in Stein gemeißelt, und ihr gefiel die Vorstellung, den freien Willen zu haben, alles zu tun, wovon sie träumte ... oder auch gar nichts.

Sie ließ Lord Culvers Burg hinter sich und wanderte in die Getreidefelder, wo Gedrith und seine Brüder auf sie warteten. Lireth war auch da, immer noch magisch gebunden, und Mina kletterte auf Gedriths Rücken.

»Alles in Ordnung?«, fragte er.

»Ja. Wir sind bereit zum Aufbruch.«

»Gut. Ich vermisse die Wüste.«

Mina lächelte und hielt sich fest, als der Drache vom Boden abhob. Zusammen mit den verbliebenen Silberdrachen konnten sie

Lireth in ihren Klauen tragen. Sie gewannen an Höhe und stiegen weiter auf, dann wendeten sie nach Süden in Richtung der Langen Sande, in Richtung der Enklave. Mina schloss die Augen und ließ den Wind durch ihr Haar wehen, während sie das Gefühl des Fliegens genoss.

Es fühlte sich gut an, frei zu sein.

Die Geschichte geht weiter in...
Opfer des Drachen

Über den Autor

Hallo!

Ich bin ein Fantasy-Autor, der es liebt, über Drachen zu schreiben. Ich habe über 40 Bücher veröffentlicht und habe vor, noch viele weitere zu schreiben.

Ich hoffe, dass Ihnen dieses Buch gefallen hat und danke Ihnen für die Lektüre.

Sie können mir in den sozialen Medien folgen, um direkt mit mir unter https:www.facebook.com/dragonfirepress in Kontakt zu treten.